サボテンさんが
マッチョネスト・
サボテンに進化
しちゃいました!?
悪役令嬢になんかなりません。
私は『普通』の公爵令嬢です！
11

ジェラルディン
SSSランク冒険者で超直感持ち。
脳筋でマイペース。
ジャッシュとジェンドの父親。
ディルク＝バートン
侯爵家の一人息子。
黒豹獣人の血が流れているため、
完全獣化すると黒豹の姿になる。
ロザリンドと結婚し新婚生活中。
ロザリンド＝バートン
乙女ゲームの悪役令嬢ロザリアに
転生した元日本人。ロザリアと
元日本人の渡瀬凛が融合し
ロザリンドと名乗るように。
ディルクと結婚し新婚生活中。
キノコを使って食事タイム！

ジャッシュ
ジェラルディンの息子で長男。訳あってロザリンドに助けられ、現在従者として仕えている。
ジェンド
ジェラルディンの息子で次男。瀕死のところをロザリンドに救われ、懐いている。超直感持ち。
渡瀬凛花
勇者として召喚された少女。日本では女子高生兼巫女だった。
マリー
ふわふわ毛並みの白猫獣人。
ちょっとひと息！
ダンジョンで採取した

「それはドラゴンの心というアイテムだ。
大概のドラゴンはそれがあればそなたに従うであろう」
ヤマタノ首領《ドン》
ラゴン
SSSランク魔物。
エクストラダンジョンの
神クラスモンスター。
「いいいいや、いらない！
大丈夫！
こんな国を滅ぼせそうな
激レアアイテムは
いらないいい！」

悪役令嬢になんかなりません。私は『普通』の公爵令嬢です！

11

明。

illustration
秋咲りお

口絵・本文イラスト
秋咲りお

装丁
ムシカゴグラフィクス

Contents

プロローグ　予想の斜め上を行った結果

とある乙女ゲームの悪役令嬢ロザリアに転生したと思っていた日本人の私こと渡瀬凛《わたせりん》。ロザリア本人と協力し、融合してロザリンドになった。最後の協力者であるヒロインが凛の姪《めい》・渡瀬凛花《りんか》だったり、神様がボインになったり縦ロールになったりと相変わらず予想外の結果が続出。それでも凛花は積極的に攻略してくれたし、弱った神様もなんとか回復。着々と死亡フラグ回避の準備は進んでいる。

目指せ、モフモフとの愛にあふれた素敵なスローライフ！

第一章　ダンジョン攻略準備

　ついに準備は整った。最後の死亡フラグ回避のため、私達はこれからエクストラダンジョンに潜らねばならない。地下三百階に及ぶというダンジョン……メンバーは少数精鋭にしなければならないだろう。このエクストラダンジョンこそ、隠しルートのメインイベントと言っても過言ではないそうだ。私はこのルートをクリアしていないから、凛花の受け売りなんだけどね。

　まず、私の残念な姪にして勇者兼ヒロインになっちゃった凛花は確定。そもそもヒロインがいなくてはこのダンジョンに入れないし、道もわからない。

　次に、ディルク。置いていくと言ったら、泣くのではないだろうか。私も置いていきたくないし、嫁の欲目なしでも彼の戦闘能力はずば抜けている。

　現在、クリスティア城で兄っぽいクリスティア第一王子アルフィージ様と親友で第二王子のアルディン様にエクストラダンジョンについて報告している。期間がどのくらいになるのか、私にも読めない。そのため当然アルフィージ様とアルディン様、近衛《このえ》騎士組は参加できないだろう。

「話はわかった。ロザリンド嬢に頼みがある」

「なんですか？」

「ラビーシャをダンジョン攻略するからと嘘《うそ》をついて呼び出してくれ」

チラッと王子の近衛騎士で攻略対象でもあるカーティスと双子騎士を見たら、全員マナーモードだった。アルディン様は首をかしげている。

「嫌です」

私はロザリンド。ノーと言える女である。

「……頼む」

「理由を述べてください。いくら私でも嘘の呼び出しなんぞをすれば、ラビーシャちゃんにキレられます」

アルディン様がどんな主従関係なのだと呟《つぶや》きました。主従だって……主《あるじ》だって悪さをすれば叱《しか》られる事はあるのですよ。

「……会いたいんだ」

理由は大変シンプルでした。アルフィージ様はラビーシャちゃん不足で禁断症状が出ているらしいです。

「ロザリンド嬢だって、急にディルク殿と一か月会えなくなったら絶対会いたくなるだろう⁉」

「う……」

確かに。学校やなんかで会えなかった時期を思い出したら何も言えない。

「手紙や通信じゃ足りないんだ！　会って抱きしめたい！」

「うう……」

その気持ちはよくわかる。倦怠期《けんたいき》というか、ディルクにフェロモンのせいで避けられていた日々を思い出してしまった。わかり過ぎる。

「……貸しですよ。ちょっと考えてみます」

とはいえ、ラビーシャちゃんを騙《だま》して呼び出せばキレるのは間違いない。彼女は語学を真面目《まじめ》に学び、少しでも早くアルフィージ様の元へ帰ろうとしているのだ。

手っ取り早いのは仕事を頼むこと。留学費を私が全額負担しているから、彼女は仕事を断らない。

なんかあったかなぁ……最近は特になぁ……いや、あったね。

「ネタを思いつきました」

◇◇◇

ここはクリスティア城のとある一室。

「お嬢様」

「はいよ」

「……謀《たばか》りましたね？」

「てへ。ごめんちゃい」

「か、可愛《かわい》く謝ったってダメですよ！」

膨れるラビーシャちゃんも可愛いですよ。ごちそうさまです。

話していたら、勢いよく扉が開いた。

「ラビーシャがこちらに来ていると聞いたのだが……⁉」

「あ」

「き、きゃああ⁉　みみみ見ないでください‼」

ラビーシャちゃんは限界ギリギリなミニスカメイド服を着用していた。私プロデュースの、アルフィージ様専属メイドの衣装である。ラビーシャちゃんの胸がポロリはしないがきわどいところまで見える。スカート丈も絶対領域を……チラリズムを追求した……これぞ日本の萌《も》えの結晶‼　なのだが、ラビーシャちゃんは足を出すのが恥ずかしかったらしく、しゃがみこんでしまった。逆に下着が見えるんじゃないかな……白のレースでした。

しかし、涙目で羞恥《しゅうち》に震えて耳まで赤くなっているウサミミ美少女……アリですね‼

「まあ、謀ったけど依頼自体は本当。暗殺者ギルドがアルフィージ様を狙《ねら》っているってのも……ね。ラビーシャちゃんの事だから、裏をとってあるんでしょ？」

「うう……と、とにかく着替えるのでアルフィージ様は部屋から出て……」

「ラビーシャ……ラビーシャ、会いたかった」

普段クールなアルフィージ様が切なげな瞳《ひとみ》でラビーシャちゃんを見つめる。瞳を直視したせいか、固まるラビーシャちゃん。そのままキスをされて……私はそっとそこで退室した。

がんばれ、ラビーシャちゃん！　これはあかんやつや！

「お嬢様ぁ⁉」

「ロザリンド嬢ではなく私にかまってくれ」

「あ、や！　だ、だめ！　耳は……！　ぴゅ、ぴゅいいいい！」

ラビーシャちゃんの叫びを聞きつつ、私は帰宅した。

何を頼んだかというと、暗殺者ギルドからの護衛を頼んだのだ。面倒なので完全に放置していたが、カーティスが居た暗殺者ギルドから私はものすごーく恨まれている。稼ぎ頭だった暗殺者であるカーティス・アデイル・ヒューの三人だけでなく、オルドも引き抜いたからだ。後で知ったが、オルドは暗殺者ギルドのトップ五に入る暗殺者だったんだそうな。

私のせいでギルドの面目は丸潰《まるつぶ》れ。特にカーティス達は依頼を投げだしたばかりか寝返った……信用もがた落ちである。恨まれるのも仕方ない。

まあ刺客がどれだけ来ようがうちのセ○ムの敵ではない。というか、まず我が家の敷地内にたどりつけた刺客がいない。悪意のある者はユグドラシルさんに弾《はじ》かれるからだ。

私にはまったく手を出せないので、暗殺者ギルドはついにアルフィージ様を狙いだしたわけだ。まあ、アルフィージ様もそう簡単にはやられない。さらに私とカーティスが牽制《けんせい》し、邪魔したりおちょくりまくっていたのだ。

なので、私達がエクストラダンジョンに潜り不在だとわかれば、暗殺者ギルドの行動が活性化する恐れがある。ラビーシャちゃんはその間の護衛。潰せたら潰してもいいよと言ってある。

ラビーシャちゃんは出来る子なので、彼女が居れば大丈夫だろう。引き止めたいアルフィージ様が邪魔をしなければ……だが。

がんばれ、ラビーシャちゃん！

負けるな、ラビーシャちゃん！

私はそんなエールを自宅から送るのだった。

後日、萌えメイド服で羞恥に震えながらアルフィージ様とイチャイチャするラビーシャちゃんを見た。スカートの中にスパッツ的なモノを穿《は》くことで妥協したらしい。アルフィージ様からお礼を言われました。

後日、私がプロデュースした萌えメイド服が流行し、個人的な発注依頼が大量に来たのは余談である。ちなみに、魔法騎士で友人である賢者の奥方様も賢者サイズのを発注しに来ました。

賢者……合掌。でも、中性的だしきっと似合うと思うよ！

◇◇◇

お次は騎士団にしばらく不在になると伝えた。現在騎士団団長室には私の専属従者で騎士団にてバイト中のジャッシュ、騎士団長のルドルフさん、騎士団庶務課のドーベルさん、副団長に昇格したフィズ。ディルクの元同期の中では出世頭である。

「私も行きたいところだが、仕事がな……」

「気持ちだけもらっとくよ。ありがとう、フィズ」

「気をつけて」

「俺もあと十年若けりゃ仕事なんぞほっぽりだして行くんだがなぁ」

「「仕事しろ」」

残念そうなルドルフさんに私、ドーベルさん、フィズが一斉につっこんだ。

「いや、だから行かねぇよ。気をつけてな。で、それはどうすんだ？」

ルドルフさんは、私を指さした。正確には『それ』を指さしたのだけども。

それとは、私の腰に巻きついたジャッシュである。お仕事があるからジャッシュは不参加でいいよと言ったら、お嬢様が心配だから参加すると頑なに譲らない。どうしたものか。

「あの大海嘯《だいかいしょう》の時みたいに、待ち続けるのは嫌です！　絶対に嫌です！　それに、お嬢様のことだから途中面倒になってダンジョンを破壊して城も全壊とかになったら……！」

「……ジャッシュはなんの心配をしてるのさ」

ジャッシュがこんなに頑なになったのは初めてだから、どうしたらいいかわからない。あと、流石《さすが》に面倒だからってよそのお城を全壊にしたりは多分しない。

「ロザリンドさん、ジャッシュさんを連れていってください」

ドーベルさんが穏やかに言ってくれた。

「確かにジャッシュさんは有能で抜けられたらかなり痛いです。でも、あの暗黒時代とは違いますから。ちゃんと皆でフォローできます。だから、こちらは大丈夫ですよ。いやあ、ムキムキなサボテン達が行進していた頃《ころ》が懐かしいですね」

「……そうだな」

フィズが苦笑した。確かに、あの書類仕事やらサボテン大行進やらは大変だったなぁ。

「ところでロザリンドさん。僕は先ほどから大変気になっているのですが」

「はい？」

和やかな空気の中、ドーベルさんは言った。とんでもない爆弾を投下した。

「ジャッシュさん（の命）は大丈夫でしょうか？　そんなにひっついては、匂《にお》いが……」

ヤバイです‼

ウルトラヤバスですよ‼

「ファブ○ーズ‼　ファ○リィイズ‼」

思わず日本の某有名除菌消臭剤を求めた私。いや、匂いを消したら消したで不自然なんだけど、私は混乱していた。

ジャッシュ（の命）がヤバい‼

「落ち着け、ロザリンド！　ディルクも、話せばわか……らなくもないかもしれないかもしれないじゃないか！」

「かもしれないが多い！　フィズもまずいと思っているくせに！」

「……すまない」

フィズはそっと目を伏せた。いや、フィズは悪くないけども！

「嘘でもいいから否定して‼」

「お嬢様」

「大丈夫だよ、ジャッシュは私が守るから！」

「……いえ、お嬢様の手をわずらわせるぐらいなら……死んでお詫《わ》び……」

「すんなぁぁ‼　落ち着け！　ヤキモチで死ぬとか意味わからん！　命大事に！　粗末にすんな！

生きろぉぉ‼‼」

「……何があったわけ？」

「わっしょぉぉい⁉」

なななんと！　ここでまさかのディルクが来てしまいました！

「あ、あばばばば」

テンパりすぎてもはや意味ある発言ができない私とは違い、頼りになる副団長様《フィズ》が前に出た。

「……ディルク、もちつけ。話せばわかる……というかわかってほしいというか、殺人は犯罪だ」

お前がもちつけ（動揺）。間違えた。お前が落ち着け。

「ディルクさん、確かに腹立たしいとは思いますが、殺人はいけません。とりあえず話し合い……

いや、拷問ぐらいでここは一つ……」

いや待て。話し合いはともかく、何故《なぜ》拷問になるのさ。

「……ディルク、尋問部屋使うか？」

許可すんな！　騎士団長‼　止めろ！　そんな気づかいいらんわぁぁ‼

「ディルク様……覚悟はできております」

いや、なんでジャッシュも罪人みたくなってるの⁉

「「なんで拷問する流れになってんですか⁉」」

私とディルクがハモった。私はそのままの勢いでディルクに抱きつく。

「ディルクは拷問なんかしないよね⁉　しないよね⁉」

ディルクは少し私の匂いを嗅《か》いだようだ。

「……いや、ジャッシュさんがちょっと抱きついただけでしょ？　意味がわからない。ジャッシュさんだよ？　ロザリンドに微塵《みじん》も下心がない、誰《だれ》よりロザリンドに忠実な従者さんだよ？　見知らぬ男ならともかく、そんなジャッシュさんを拷問する意味がわからない」

「ディルク様……！　そのように言っていただけるなんて……ありがとうございます！　ありがとうございます！」

「ディルク……惚《ほ》れ直しました！」

「……うん」

はにかむディルク……ああん、可愛《かわい》い！　スリスリしたら、くすぐったいよと言いつつもぎゅうっと抱きしめてくれました。はうう、幸せ！

「日頃《ひごろ》の行いは大事ですね、団長」

「そうだな。日頃の行いは大切だな、団長」

「な、なんだお前ら！　何が言いたい⁉」

「いいえ？　どうせなら団長がディルクさんにしばかれたらよかったのに……なんて思っていませんよ。こないだも書類ほっぽり出して巡回ついでに奥方に会っていましたよねー。ね、副団長」

「ああ、どうせだから久々にディルクに死ぬほどしごかれたらいいのに……なんて思っていないですよ。先日面倒な書類仕事を押しつけやがって、しかも期限ギリギリじゃないか……なんてこともあったな。ドーベル殿」

「「はははははは」」

目が笑ってないよ、お二人さん！

「そういやあ、ロザリンド嬢のキスを勝ち抜き戦の賞品になんて話もありましたよね。団長発案で」

「ああ、ロザリンドは騎士団で人気があるからな」

「ちょっ……それは酒の席の話で断ったし……」

「……へえ……」

そのネタはまずい！　と慌ててフォローしたのだけど……ディルクから冷気が……。

ジャッシュが悲しげに告げてきた。

「お嬢様……逆効果です。お嬢様にまで話をしたと言ったようなものですよ」

「た、確かに！」

「……団長」

「お、おう」

「俺、久しぶりのダンジョン探索なんですよ。久しぶりに鍛練がしたいなぁ」

ディルクさん超笑顔だけど、目が笑ってないよ‼

「…………そうか」

そして、団長さんは吐くまで……いや吐いてもひたすらに鍛練に付き合わされた。ディルクさんはもはや人外レベルなのか、息すら乱さず鍛練していました。

ディルクは怒らせてはいけません。ダメ、絶対！

余談ですが、ドーベルさんはそれを見て『ざまぁ』と鼻で笑っていました。フィズもビビってました。ドーベルさんも怒らせてはいけません。ダメ、絶対！

◇◇◇

ローゼンベルク邸で、エクストラダンジョン攻略について話しました。メンバーは両親、兄、父の従者で敏腕冒険者のアーク、メイド長のマーサ、たまたま帰宅していた英雄の称号を持つ凄腕《すごうで》冒険者ジェラルディンさんです。ちなみに話し合いが最初じゃなかったのは、父と兄の都合がつかなかったから。

「僕もついていきたいけど、今研究がたてこんでいるし、植物達の管理もあるからなぁ……」

「無理しなくて大丈夫ですよ、兄様」

「……うん。今回僕は不参加にする。気をつけてね。あまり無茶をしないように」

「はい、兄様」

その笑顔がまた不安なんだよなぁと呟《つぶや》く兄。し、失礼な！　そんなには無茶しないよ……多分！

「大丈夫だ！　俺がいるからな！」

「………………」

元気に発言したのはジェラルディンさん。武力的には問題ないのだが、未知のダンジョンに迷惑なオッサンであるジェラルディンさん投入は結構な不安な気がする。

「……（ジェラルディンさんを）連れていくの？」

兄が明らかに心配そうだ。

「……まだ決めていません」

「ぬぁ⁉　俺は行くぞ！　俺は主の剣であり、盾だ！　……ダメか？　俺では役に立たないか？　主…………きゅーん……くーん……」

「くっ……」

やめなさい！　ムキムキマッチョのごっついオッサンのクセに、上目遣いに涙目、さらには悲しい鳴き声のコンボをかますな‼

「ロザリンド……」

父がかわいそうだが連れていってやらないのか？　と目線で言っている。いや、いつもの無表情だけど、多分父はそう言っている。

「……わかりました。連れていきます。ただし、今回行くのは未踏破ダンジョンです。走らない、勝手な行動はしない、一人でうろつかない、その辺のものを勝手にいじらないと約束するなら連れていってあげます」

「わかった！　約束する！」

「……条件が小さな子供並みだなぁ……」

兄が遠い目をしていました。し、仕方ないよ！　ジェラルディンさんだもん！　本人は喜んで尻尾《しっぽ》を振りまくっています。

「お嬢様……私達は……」

「マーサとアークは家を守ってほしい」

「……はい」

「任せとけ。仕方ないだろ、姉貴。マーク（マーサとルドルフさんの息子）もまだ小さいんだから」

「…………うう」

マーサも来たかったみたいですね。元冒険者だし、血が騒ぐのかしら。私はマーサの手をとって、目線を合わせた。

「マーサ、貴女《あなた》を心から信頼し、頼りにしているからこそお願いいたします。このローゼンベルクを……私の大切なものを、私が留守の間、守ってください」

「マーサにお任せください！　いかなる敵が来ようとも、このマーサが倒してごらんにいれます‼」

うん、マーサが元気になったようでなによりです。

「お嬢様、本当に姉貴の扱いが上手《うま》いよな」

アークのつぶやきは聞かなかったことにした。マーサの戦闘能力や、冒険者としての経験値は正直惜しい。だが、息子《マーク》と旦那《だんな》を放置してまで来てほしいとは思わない。

「ロザリンド、無理はするな」

「そうね。ロザリンドちゃんならディルクちゃんもいるから大丈夫とは思うけど、あまり無理したらダメよ」

「はい。気をつけます」

両親から抱きしめられた。少し気恥ずかしく思っていたら、私の天使達が入ってきた。

「「お姉様、おかえりなさい」」

「ただいま、ルシル、ルチル」

ルシルは弟、ルチルは妹。二人ともお揃《そろ》いの服を着ている。ルシルはズボンでルチルはスカートだけども。

「お姉様、今日は時間ありますか？」

「お姉様、ルチルとルシルは楽器を習ったのです。お姉様に聴いてほしいのです」

今後のスケジュールを脳内で思い出す。

「せっかくだから聴きたいな」

「「やったあ！」」

「早く用意しよう！」

「わかった！」

「お嬢様、ぼっちゃま、まってください～」

必死で双子を追いかけるのはマーサの息子、マーク。

「あ、ロザリンドお嬢様。こんにちは」

「こんにちは、マーク。ルシルとルチルは私に演奏を聴かせてくれるつもりみたい。ここに居たら戻ってくるわよ」

「そうなんですか」

あからさまにホッとした様子のマーク。私ほどではないが、双子も色々やらかすので、マークはそのストッパーになっていた。な、なんかごめんよ！

「『お姉様、ただいま！』」

「どうせだから、マークもやろう」

「知っている曲だし、タンバリンならできるでしょ」

ルチルとルシルは別にマークを無視していたのではなく、効率を重視しただけのようだ。マークも嬉《うれ》しそうにタンバリンを手にした。

ルシルはバイオリン、ルチルはフルート、マークはタンバリン。曲目は童謡のメドレーだった。

「皆、とっても上手だったわよ」

私達の拍手に、ちみっ子達は照れていた。

「よかったな、お嬢様がダンジョン行く前に聴いてもらえて。ダンジョン行ったら一か月は出られねぇだろう……」

「アーク、馬鹿‼」

兄が慌ててアークの口をふさいだが、遅かった。

「お姉様、帰ってこない？」

「一か月……なんにち？　いっぱい？」

「お嬢様ぁ……」

泣きじゃくるちみっ子を宥《なだ》めるのは、ものすごく大変でした。しかしまぁ、言わないわけにもいかなかったし、アークが悪いわけではない。ダンジョンから戻ってからお泊まりで遊ぶことを条件に、なんとか許してもらったのでした。

◇◇◇

冒険者ギルドの一室を借りて、親友のミルフィ、鼠《ねずみ》獣人でミルフィの婚約者であるシーダ君と冒険者パーティ『紫水晶《アメジスト》の護《まも》り手』、ヒロインポジの凛花、たまたまギルドに居た魔法院の天才で友人のエルンストが集まりました。エクストラダンジョンについて説明する。

説明が終わると、エルンストが挙手して発言した。

「非常に興味深いが、俺では足手まといだろうな。研究もあるし辞退する。むしろロザリンドが踏破してから調べに行きたいかな」

「オッケー。まあ、時間があれば付き合ってあげるよ」

「頼む」

まあ、研究者としてはダンジョンが気になるのも仕方ないよね。暇があったら連れていってあげよう。

「……………僕もあしでまとい……だから、やめとく」

「……俺もダンジョンでは羽を活《い》かせない。足手まといだろうな」

『紫水晶の護り手』のメンバーで蛇獣人のネックスとフクロウ獣人のオルドも挙手をした。いや、足手まといとかは思ってないけど、彼らなりの気遣いだろう。私はわかったと返事をした。

「私は絶対行きますわよ！」

「……俺もミルフィリアが行くなら行くかな」

「ダメです」

「なんでですの⁉」

ミルフィは否定されると思ってなかったらしい。

「ミルフィには致命的な欠点があります。さらに今シーダ君は貴族として、研究者として大切な局面にいます。そちらを優先してください」

「……ロザリンド……」

現在シーダ君は兄と共同研究をしている。緑の手を持つ人間による実験がメインだ。上手くいけば、緑の手がなくとも恩恵を受けることができるかもしれない。

さらには、シーダ君とミルフィはクリスティアとウルファネアを結ぶ架け橋のシンボルになっている。彼らが夜会で仲睦《なかむつ》まじくしているために、獣人への忌避感はさらに低くなった。

ウルファネアとの文化交流もシーダ君を中心として動いており、今彼を連れていくのは得策ではない。

「なら、シーダ君が残ったらよいのですわ！　私だけでも行きますわ！」

「……なら、ミルフィが一回でも私に攻撃を当てられたら、連れていってあげる。私はミルフィを戦闘不能にさせたら勝ち」

「……望むところですわ」

「お、おい……無茶は……」

「大丈夫、私は勝ちますわ！　応援してくださいね、シーダ君！」

多分シーダ君は止めたかったのだろうが、止めても無駄と考えたのだろう。

「やれるだけやってみろ」

「はい！」


というわけで私達が全力で戦うために来ました、ローゼンベルク邸のお庭。戦闘訓練のために広々としたスペースがあるのです。審判はジェンド。

「では、始め！」

ジェンドが試合開始を宣言した。ミルフィは距離をとって弓と魔法の波状攻撃をしかける。だが、私も負けてない。というか……。

「ロッザリンドォォ!!」

「ず、ずるいですわ！」

なんかヴァルキリーが久々の戦闘だぜヒャッフーと出てきちゃって、でかい盾で攻撃を全部防いじゃっている。実は、これ完全に予想外でした。私の方がびっくりしたよ。

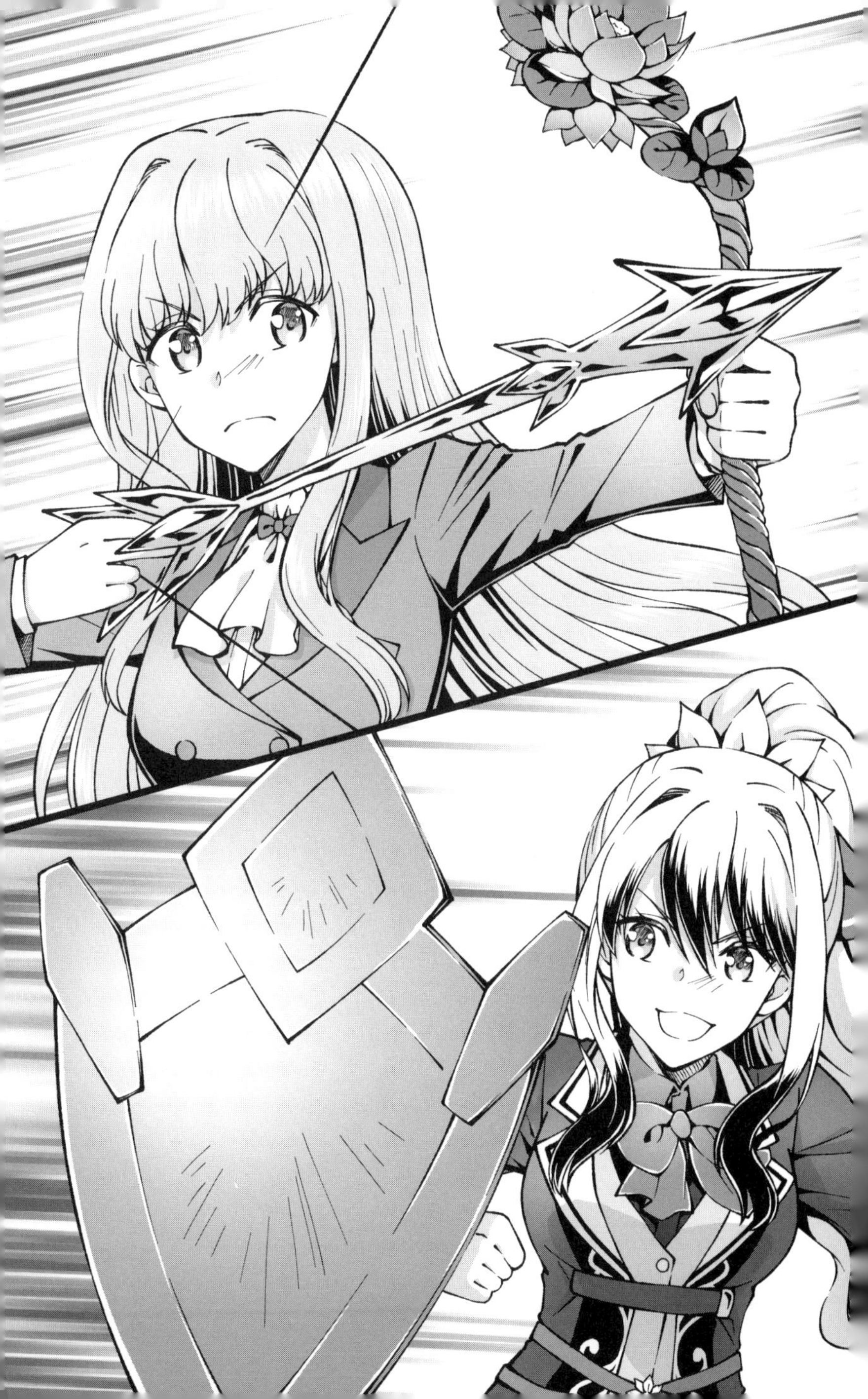

「ズルクアリマセン。ワタシハ主ノケンデアリ、タテデス」

「むうう……なら……！」

「おや？　ふふ……」

魔法を応用してヴァルキリーの背後にいる私に直接仕掛けてきた。狙《ねら》いは悪くないけどね。

「えい」

「え？　きゃあああ⁉」

私には魔力可視化《マジックビジュアリゼーション》があるから、魔法が見える。そして見えていれば、それに同調するのは容易《たやす》い。ミルフィの魔法を発動直前で乗っとり、ミルフィに返した。まあ、威力は低減させたから音にビックリする程度だけどね。

「とんでもないな……ロザリンドは」

エルンストが呆然《ぼうぜん》としている。まあ、確かに今のは魔力可視化があって、更に全属性と魔力同調に特化した私だからこその対処法ではある。というか……よく考えたら私にしかできないかもしれない。

「ミルフィ、もうやめない？」

「まだまだですわ！」

「なら、奥の手を見せてあげようかな？」

すうっと息を吸い、魔法を丁寧に組み上げた。

「全魔法無効《マジックキャンセル》‼」

そして、発動と同時に走り出す。

「くっ！　……弓が⁉」

ミルフィが自分の水蓮《うでわ》を発動させようとしたが、反応しない。私の奥の手である全魔法無効《マジックキャンセル》は、魔具も封じる優れものだ。

一瞬でミルフィとの距離を詰めて、彼女にナイフをあてた。

「チェックメイト」

「……まいりましたわ」

「ミルフィの弱点は、魔力特化し過ぎているとこかな。魔力が使えなくなったら戦えないし、近接に持ち込まれたら勝機はない。天啓で身体強化しても、あくまでベースは自分の体だからそんなに効果はないだろうし」

「……わかりましたわ。負けは負けです。今回は諦《あきら》めますわ」

ミルフィは立ち上がり高らかに宣言した。

「次からは体も鍛えますわ！　ジェラルディン様を目指します！」

「え」

「さ、シーダ君！　こうしてはいられませんわ！　鍛練いたしましょう‼」

「あ、ああ……」

シーダ君はミルフィに引っ張られて帰っていきました。

「み、ミルフィがマッチョになったらどうしよう！」

「ぶっ」

「ぶふっ」

「げほっ」

「人類の損失ッス‼」

「……（きょとん）」

ふいたジェンド、笑い出すオルド、むせたエルンスト、ショックを受ける凛花、不思議そうに首をかしげるネックス。

「それはないよー」

『紫水晶の護り手』のメンバーで猫獣人のマリーはやたら自信満々だった。マリーの勘は何故《なぜ》だか異常に当たる。なんとなく大丈夫だと思いました。

余談ですが、ミルフィの体力は常人よりはあるものの、獣人には及ばないので筋肉痛としばし戦い……肉弾戦は向かないと早々に方針変更して『非力でも戦えるやり方』を試行錯誤しているようです。親友が無駄に強くなりそうな気がするのは……気のせいだよね？

どうしてこうなった⁉

◇◇◇

ミルフィが居なくなってから、『紫水晶の護り手』のリーダーで銀狼《ぎんろう》族のジェンドが口を開いた。

「ロザリンド……僕の実力も見てほしい。せめて対等になれるようにと、ずっと頑張ってきたんだ」

「わかりました。かかってらっしゃい」

「お姉ちゃん、マリーも！　だってマリーは『紫水晶の護り手』だもん！　強くなったんだよ！」

ぴょんぴょん跳ねて両手をあげるマリー。

「なら、自分もッス。この中で実戦経験も能力も未熟なのは自分ッスから。それに、自分も『紫水晶の護り手』に加入したッス」

凛花も挙手した。けっこうジェンド達とダンジョン探索なんかをしていたのは知っていたが、いつの間に……まあ、いい経験になるだろう。

「いいでしょう。三人でかかってきなさい。ルールはさっきのミルフィと同じです」

「なら、審判は俺だな」

エルンストが挙手をした。

ジェンドは爪、マリーはトンファーを使う。今回参戦しないが、ネックスは鞭《むち》か鎖鎌、オルドは飛び道具を基本の装備にしている。魔法使いとしてここに凛花が入れば、非常にバランスのとれたパーティだろう。

「では、始め！」

「疾風迅雷！」

凛花の強化魔法でマリーとジェンドが加速する。はっや！

「ヴァルキリー、阿修羅《あしゅら》モード！」

「ロッザリンドォォ‼」

物理的に三面六臂《さんめんろっぴ》と化したヴァルキリーがジェンド達と戦う。

「ぐっ……！」

ジェンドは四本の腕を相手に苦戦していて、二本の腕を相手にしているマリーはまだ余裕がありそうだ。

「さらに、ゴーレムさんカモン！」

即興で手のゴーレムを大量に作り出した。

「キモイッス！　うぞうぞ嫌あああ⁉」

「うわっ⁉」

怯《ひる》むジェンドと凛花。

「にゃはははは‼」

めっちゃ笑いながらゴーレムを殲滅《せんめつ》し始めるマリー。しかもよく見たら的確にコアを潰《つぶ》している。

本能なのか……すごい。

とりあえずジェンドとマリーはヴァルキリーとゴーレムの相手で手いっぱいだろう。補助特化の凛花はかなり厄介なので先に倒そうとした。

「補助特化をなめないでほしいッス！　獅子奮迅《ししふんじん》‼」

「は⁉」

まさかの重ねがけ可なの⁉

「はああっ‼」

「にゃははははは！」

ジェンドとマリーがヴァルキリーの反応速度を上回り始めた。この急激な強化に問題なく対応している様子から、彼らがかなり連携して戦っていたことがわかる。

ヴァルキリーとゴーレムはこのままだともたない。先に凛花を倒す‼

凛花に迫り、倒そうとした。しかし……。

「壁！　一気呵成《いっきかせい》‼」

「うわ⁉」

魔力障壁に激突しそうになったがなんとか回避した。あああぶなぁぁい‼　下手《へた》したら一撃にカウントされて負けるとこだったよ！

そして怯んだ一瞬の隙をついて、更に加速したジェンドが間に合った！　ジェンドは私と凛花の間に入り、私に攻撃をする。ただ、ここまでの加速はしたことがないのか、自分の速さに対応できていない。

「わあ⁉」

足払いして転倒させ、雷撃で気絶させようとした。しかし、ジェンドは魔法が効きにくかったからか、まだ動けるらしい。

「異常無効！」

「うわ、マジ厄介！」

凛花がジェンドの麻痺《まひ》を解除した。

「伊達《だて》にゲームで支援職やってないッスよ！」

いや、マジで凛花が厄介すぎる！　しかも自分の支援魔法の持続時間をきちんと把握していて、きっちりかけ直しているのがまた腹立つ！

「きゃん！」

マリーも流石《さすが》に独りでは阿修羅モードのヴァルキリーと手ゴーレムをさばききれなくなったようだ。ジェンドと凛花はアイコンタクトをして、ジェンドはマリーに加勢する。

私がこの隙を逃すはずもない！　一気に距離を詰めようとする。

「壁！」

壁が私を囲むが、身体強化してそのまま突破した。

そして、凛花を倒そうとしたら、地の底を這《は》うような声がした。

「……何をしているのかな？　ロザリンド」

「……え？」

何故か、凛花の背後に兄がいた。いや、なんか超怒ってない？　は！　今日は結界してなかったから、ご近所さんに通報されたとか⁉

「説明！」

「喜んで！」

兄は怒りつつ、私にデコピンをした。

「いたっ！」

「はい、一撃」

兄が凛花の姿に変わった。

「そこまで！　勝者・『紫水晶《アメジスト》の護《まも》り手』‼」

エルンストが凛花達の勝利を告げる。

「え？　あ、ああああああ⁉」

さっきの凛花は消えている。どうやら先程の壁は進行を妨げるだけでなく、目隠しの意味もあったようだ。幻覚で凛花の姿を残し、兄の姿に変身したわけだ。

「ヒャッフー！　勝ったッス！　勝ったッスよ！」

ジェンド達とハイタッチする凛花。

「ひゃふー！　にゃははははは！」

「すごいや！　凛花！」

皆嬉《うれ》しそうです。仕方ないね。負けは負け。うん。己の慢心が招いた敗北です。

うん。仕方ないです。

「凛花、もう一回やろっか」

『…………………』

全員が固まった。

「今度は、『紫水晶の護り手』全員でいいからさ」

「いやいやいや！　ロザリンドちゃんが自分らに油断していたから拾えた勝ちであって、本気モードのロザリンドちゃんに勝てるわけないじゃないッスか！」

「いやいや、何事も試してみないとわかんないでしょ」

「断固拒否ッス！　勝ち逃げッス！」

「………………（じー）」

「リンカ、俺達もロザリンドと戦いたい。こんな機会はめったにない」

「……確かにッス」

ネックスとオルドからお願いされて、凛花は承諾した。ジェンドとマリーはどっちでもよかったらしく、頷《うなず》いていた。

そして、リベンジ戦。

「マジ大人げないッス！」

あっさり勝ちました。エルンストが苦笑しています。どうやったかって？　先手必勝で、凛花が補助魔法使う前に背後に転移して雷撃で昏倒《こんとう》させた。後は凛花の補助魔法が無ければ、彼らは私の敵ではない。でも皆強くなっていて、とても成長を感じました。

「なら、もう一回やる？」

「やんねえッス！」

まあ、大人げないのは否定しないけど、負けず嫌いは成長に大事なんですよ。凛花がやられたら『紫水晶の護り手』は大幅パワーダウンなわけだから、対策を考えたらいいじゃないか。

とにかく、これでエクストラダンジョンに行くメンバーが決まりました。ダンジョン攻略、頑張ります！

第二章　ダンジョン攻略開始

今日からエクストラダンジョン攻略です。ウルファネア城の地下、開かずの扉の前に集合したのですが、四人しかいません。

凛花はウルファネア城に住んでいるので当然一番手。次に私とディルク。遅刻しそうなマリーはネックスが見送りがてら連れてきた。しかし、他が来ていない。懐中時計魔具をぱちりと開く。

「……置いていくか」

「いやいやいや！　今までのやりとりとか、熱い戦いが全部無駄!?」

「ジャッシュさんとジェンドは何かあったんじゃないの？」

すでに何かあったから外されている辺り、ジェラルディンさんへの信頼感がうかがわれます。

「そうね、通信してみるか」

通信すると、ジェンドが出た。

「ごめん、お姉ちゃん！　父さんが……うわああ！」

「あー、把握した」

ジェンドがテンパりすぎて久しぶりにお姉ちゃん呼びでした。とりあえず通信を切った。予想ではあるが、心当たりがある。

「ちょっと叩《たた》き起《お》こしてくるわ」

ローゼンベルク家の離れ。こぢんまりとしたジェラルディンさん一家のおうち。

すでにルーミアさんはお仕事に行ったらしく、不在。そしてなんかドスンバタンしている部屋に入ると、ジェラルディン（多分寝ぼけている）が暴れていた。

彼は野宿生活が長すぎたせいか、ルーミアさんが居ないとこのような自動防衛行動をとることがある。ちなみに私はこれを全自動過剰防衛と呼んでいる。寝ぼけた彼に触ってはいけないのだ。

ちなみにつがいの匂《にお》いは精神安定効果もあるらしく、ルーミアさんが居ればこの現象は起きないしルーミアさんならば沈静化も可能だ。しかし、無いものねだりをしても仕方がない。

「すいません、お嬢様……あたたたた！」

ジャッシュがジェラルディンさんに関節を極《き》められている。痛そうだ。

「ジェラルディン！　起きろぉぉ‼」

私の叫びにジェラルディンさんがカッと目を開いた。彼は何故《なぜ》か私には攻撃しない。理由は不明である。

「む？　ジャッシュはなんで俺のベッドに居るのだ？　主《あるじ》も遊びに来たのか？　おはよう」

「遅刻です」

「む？」

「既に、待ち合わせから四十分が経過しています」

ジェラルディンさんが青くなった。尻尾《しっぽ》もぶわわわわっと膨らむ。

「三十分で支度しないと置き去りにします！」

「わかった‼」

ジェラルディンさんは走りだし、階段から落ちたような音がしたが……まあ大丈夫だろう。

「ジャッシュとジェンドは、支度大丈夫？」

「はい。申し訳ありません」

「ごめんなさい」

「いや、悪いのはジェラルディンさんだから」

どっちもよしよししたら、尻尾を振っていた。

「まあ、いい機会だから言っとくわ。熟睡しているジェラルディンさんを起こす場合、触らず私を呼びなさい」

「「はい」」

二人ともぐったりしていた。お疲れ様でした。しかし、これからが本番です。

「主！　終わったぞ！」

「はやっ！　……顔洗って、髪ぐらい直そうか」

五分も経《た》ってないよ！　しかも口に食べかすがめっちゃついていますよ。素直に顔を洗ったジェラルディンさんの髪を櫛《くし》ですいて整えてやる。私の方が早いと判断したからだ。うん……喜ぶなよ、おっさん。尻尾がパタパタ当たるんだけど。

「何故寝坊したんですか？」

「うむ。昨夜、楽しみすぎて眠れなかった」

「……遠足前の子供か」

思わず素でつっこんでしまった。

「……楽しみだったのだ」

くっ、耳と尻尾をしんなりさせるなんて卑怯《ひきょう》な！　なんか可愛《かわい》いじゃないか！　許したくなるからやめろ！　とりあえず髪をすくのに集中した。

「くーん」

「きゅーん」

「…………………」

銀狼《ぎんろう》の息子さん二人は羨《うらや》ましそうに見ている。

コマンド？

　　はなしをきく
　　むしする
　→もふる
　　くしですく

「遅くなりました」

「ロザリンドちゃん」

「はい」

「何やらかしたッスか！」

「……てへ」

銀狼親子三人は、髪の毛が艶《つや》サラストレートになりました。ジェラルディンさんの毛は普段はねているのですが、実は寝癖だと今日初めて知りました。

あの後、羨ましがる銀狼息子二人にもブラッシングをしたら、やたらと艶々サラサラな髪になりました。私も何してんだよと思います。

魔力はドリル！　櫛を使えばサラサラストレート！

その名は侯爵夫人、ロザリンド！

あかんあかん。思考が変な方向に飛んだ。気をとりなおして説明しました。

「ジェラルディンさんは寝坊していました。そして巻き込まれた可哀想《かわいそう》な息子達」

「ああ……あの寝ぼけて暴れる癖が出たんだね」

ちなみにディルクも被害にあったことがあるが、ジェラルディンさんを文字通り物理で叩き起こしました。

「寝癖があまりに酷《ひど》くて私がやる方が早いと判断してブラッシングをしたら、羨ましがられまして」

「その結果があれッスか」

「……申し訳ありません」

「……ご、ごめん」

「マリーもしてー」

「後でね」

マリーをナデナデするとゴロゴロと機嫌よく喉《のど》をならした。

あや？　マイダーリンの尻尾がたしーん、たしーんしてる。待たせ過ぎた？　ディルクの腕にスリスリする。すぐに尻尾が腕に絡んできた。私、愛されています。

「えへへ」

「リア充爆発しろッス」

「わははははは、羨ましいだろ！　性格もよくて、頭もよくて、見た目も中身もどストライクの理想以上に素敵な旦那《だんな》様ですよ！」

「……ロザリンド」

ディルクが嬉《うれ》しそうです。

「はい」

「……あまり、他の男と仲良くしすぎないでね」

「はい！　ディルクがヤキモチやいちゃうもんね」

「……うん」

恥じらう様がまたかわゆす！　指先にキスしたら、赤くなりました。マジ可愛い！

「いちゃつくの、後にしろッス」

「「あ」」

ジト目の凜花さんに、皆さんうんうん頷《うなず》いています。いや、すまぬ。ディルクが可愛すぎるのがいけないのです（責任転嫁した）。

多少ハプニングがありましたが、冒険開始です！

◇◇◇

ようやく全員が揃《そろ》ったので、凜花に封印を解いてもらうことになった。

「皆、お願いするッス」

「主よ、その前に頼みがある。我らに名をくれ。名は絆《きずな》となり、我らをさらに結びつける」

火の精霊王の言葉に凜花は頷き、名前をつけた。

火の精霊王は『蘇芳《すおう》』。

水の精霊王は『瑠璃《るり》』。

地の精霊王は『紫檀《したん》』。

風の精霊王は『金春《こんぱる》』。

緑の精霊王は『萌黄《もえぎ》』。

「日本の色の名前ッスけど……」

『ありがとう、主』

ふわりと舞い上がる精霊王達（何故かミニサイズ）。彼らは魔力を球状にして、扉に流し込んだ。扉の窪《くぼ》んだ部分に球状の魔力が注ぎ込まれ、扉の窪みは取っ手を中心に回転し、やがてゆっくりと開いた。中は真っ暗かと思いきや、明かりがついていく。

「じゃ、行きますか。先頭はジェラルディンさん、凛花、マリー。中がジェンドとジャッシュ。後ろが私達で」

石造りの灰色な壁で囲まれたダンジョンに入っていった。扉は私達が入ると自動で閉まり……内側からは開かなかった。

でも、転移はできた。いざとなったら転移も考えておこう。

そして、数分後。

「にゃー、多分このフロアの魔物は全滅したよ」

はりきり精霊王達が倒しまくりました。

「…………すいませんッス」

凛花が罠《わな》を解除して、魔石は精霊王達が回収。さらに素材と食材を多量ゲットしました。

いやまあ、楽でいいよ。

地下二階。

「にゃー、多分このフロアの魔物は全滅したよ」

はりきり精霊王達が倒しまくりました。

「…………すいませんッス」

凛花が罠を解除して、魔石は精霊王達が回収。さらに素材と食材を多量ゲットしました。

いやまあ、楽でいいよ。


地下三階。

「にゃー、多分このフロアの魔物は全滅したよ」

はりきり精霊王達が倒しまくりました。

「…………すいませんッス」

凛花が罠を解除して、魔石は精霊王達が回収。さらに素材と食材を多量ゲットしました。

いやまあ……楽でいい……よね。


地下四階。

「にゃー、多分このフロアの魔物は全滅したよ」

はりきり精霊王達が倒しまくりました。

「…………すいませんッス」

凛花が罠を解除して、魔石は精霊王達が回収。さらに素材と食材を多量ゲットしました。

いやまあ、楽でいいんだけどさ？

「……僕ら、なんのためにいるんだろ」

ジェンドが呟《つぶや》いた。本当にな。いやいや、地下三百階まであるから！　先は長いから、消耗しないようにするのも大事です！

地下五階。

違和感があった。注意深く魔力を探ると僅《わず》かだが揺らいでいる。

「ふーん……」

どうやら、一筋縄ではいかなそうだ。

「ジェラルディンさん、これを今のうちに渡しておきます」

「……これは……」

ジェラルディンさんは基本的に巨大な剣でなぎ払うか素手で戦っている。武器を選ばないタイプだが、彼には動きの邪魔にならない手甲と脛当《すねあ》てが良いのではないかと考えたのだ。

魔力をこめれば、多少だが投擲《とうてき》武器も出せる。

「………‼」

尻尾が大変なことに。振りすぎて千切れるとか無いよね？

装備して飛び回るジェラルディンさん。はいはい、よかったね。

「お姉ちゃん、マリーのは？」

「あるよー」

マリーのトンファーは風魔法付与により軽く、使用者が望めば加速魔法付与もできる。

「にゃふー！」

うんうん、かわゆす。でも危ないから振り回すでない。

「「ちょっと試してくる！」」

「待て！」

「「!?」」

こんなこともあろうかと、強制停止するよう武器に魔法を仕込んでおいたのだ。

「無茶しない、二人で動く、先に行きすぎない。守れますか？」

「はーい」

「うむ。約束したからな。ちゃんと覚えている」

「なら、行ってよし！」

某テニスなプリンスのイケオジ男性教師風のポーズで許可をだした。

結果、私達は戦うことなく十階まで到達しました。はりきり精霊王とジェラルディンさん、マリーがことごとく魔物を撃破していました。

誰だ？　一筋縄ではいかないとか言ったのは……はい、私です。

色々と予想外すぎるダンジョン攻略はまだまだ続きます。

言わせてください。

どうしてこうなった⁉

◇◇◇

本来の予定は一日十階踏破でした。しかし、まだ時間はお昼です。メンバーと昼食を摂りつつ相談した結果、ほとんど消耗もしてないしもう少し進むことになりました。

地下十一階。

その様相は一気に変わった。石造りの床は砂に。壁はなくなり、照りつける太陽と灼熱《しゃくねつ》の大気。

とりあえず、ドアを閉めた。

開けた。暑い。閉めた。

「凛花」

「はいッス」

「何あれ」

「各十階ごとにステージが変わるッス。地下十一～二十階は砂漠ッスよ」

「早く言え！」

「すんませんッス！」

とりあえず、暑いので扉手前で作戦会議。

「暑いのがネックだね」

「そうッスね。ゲームでも居るだけでダメージだったッスよ」

とりあえず、ヴァルキリーをサンドモービルかなんかにして進むことにした。それなら魔法で内部に冷気を充満させられる。

ここで、自己主張なのか凛花のつーさんがカボチャの馬車になった。

「つーさん⁉」

「……まあいいや。じゃあ馬は……」

「あ、俺やるよ～」

ディルクの武器であるロージィ君がメカっぽいお馬さんになり、カボチャの馬車に繋《つな》がれた。違和感があるが仕方ない。

「ロッザリンドォォ！」

負けじと馬になる私の武器、ヴァルキリー。

「馬は足りてる」

「オヤクニタチタイデス……」

馬のまま四つん這《よ》《ば》いのポーズになるヴァルキリー。器用だな。

「んー、なら走行の障害物を取り除いてくれる？」

「カシコマリマシタ！」

ヴァルキリーは禍々《まがまが》しい馬になった。世紀末的センスの、トゲトゲした馬である。

「おお……」

「わあ……」

「かっこいい」

「そうだね」

男性陣が目をキラキラさせている。いくつになっても好きだよね。人によるけど。

「お姉ちゃん……あつい……」

マリーが限界みたいなので、先に馬車に入れて中の空気を冷やしてやった。

「みゅう～」

私達も乗り込もうとしたら、おっさんが駄々をこねた。

「俺は御者台か馬に乗る！」

説得したがおっさんは言うことを聞かず、結局御者台になりました。

「ジェラルディンさん、御者ならこのクリームを全身くまなく塗りなさい。適当に塗ると後悔しますよ」

「？　うむ」

「ジャッシュ、背中とか首塗ってあげて」

「はい」

ペタペタ塗っていたら、何かに囲まれていた。砂漠名物、走るサボテンだ。数が多い。囲まれたらしい。

「……くっ」

私は砂に崩れ落ちた。

「ロザリンド⁉」

「私にはできない……大切なサボテンさん達に攻撃するなんて！」

「いや、ロザリンドちゃんちのサボテン君達とは別サボテンッスよね⁉」

「私にはできない！　サボテン可愛《かわい》い！」

倒れこんだ私に困惑する仲間達。サボテンさん達と長く過ごしていたからか、サボテンを攻撃するのも攻撃されているのを見るのも無理だ。嫌だ。そんな私の気持ちが通じたのか、サボテンさん達が一斉に花を咲かせた。

そして、虹色《にじいろ》に輝くサボテン……レジェンディア＝キングシャボテンのサボさん（？）が現れた。

やっぱうちの子《サボさん》だ‼

「ミナノモノ、ロザリンドヘノアイデ、ジュバクヲトクノダ‼」

「サボ！」

「サボ！」

「サボ！」

「サボ！」

「サボ！」

×百ぐらい？　もっと？

そして、ガラスみたいな破砕音と共に、砂漠名物走るサボテンさん達は一斉にマッチョネスト・

サボテンに進化した。

いや、なんでだ。そもそも、呪縛なら私とアリサが居ればどうにでもできるんだけど……。

いやいや、このサボテンさん達、やっぱうちに来ているサボテンさん⁉　なんで進化した⁉

あああああ、ツッコミが追いつかないぃぃぃ‼

「ロザリンド」

「あ、はい」

「ワレラハダンジョンマスターノシハイカラトキハナタレタ。コレヨリ、ロザリンドヲゴエイスル‼」

「あ、ありがとうございます」

サボさんの説明によれば、サボテン達はダンジョンマスターにより召喚・強制隷属させられていたらしい。私が戦えないと言ったため、私を悲しませないためにサボテンさん達は自力で呪縛を解除したらしい。進化したのはたまたまらしいが……私、愛されてるぅ（現実逃避）。

メカ馬に引かれるカボチャの馬車。そして、左右にマッチョネスト・サボテン。彼らはその肉体で他の魔物を寄せ付けなかった。

「わはははははははは‼」

そして、御者台で爆笑しながら馬車を爆走させるおっさん。

ロージィ君は適当なとこで減速してくれると信じています。信じていますからね⁉　おっさんに負けるなよ⁉

「おかーさん……多分大丈夫だから、わざわざ風魔法で話しかけないでよ」

ロージィ君はよくできた子です。余計な心配してごめんなさい。

「デバンガナイ……」

嘆くヴァルキリー。いや、別にね？　お役立ちを常に求めているわけじゃないから。気にすんな。

「ありえねえッス」

ちなみに、本来このステージ、壁＝サボテン達だったらしい。完全にお役目を放棄したサボテン達のおかげで、アッサリと次の階にたどり着きました。

◇◇◇

地下十二階。

ここでロザリンド史上トップスリーに入るのではないかという事件が発生したのであった。


次も砂漠なので同じように移動しようとしたら、凛花のつーさんが今回はカボチャの馬車ではなくメカっぽい馬車になった。ロージィ君の馬に合わせたらしい。

ヴァルキリーはまたしても世紀末的センスの馬になっている。そしてこのフロアでもマッチョネスト・サボテンが道を作ってくれていた。

マッチョネスト・サボテン達は砂の中にいる巨大なミミズを刺したりしていて、このまま戦わずに次の階に行くかと思われた。

しかし、である。ダンジョンマスターがこのダンジョンには存在している。こんなやり方は許せないだろう。ならば、何をしかけるか……奴《やつ》は、最悪の手段をとったのである。

「む？」

すぐ異変に気がついたのは、ジェラルディンさんだった。作りものの太陽が陰ったのだ。

ジェラルディンさんは空を見上げて叫んだ。

「空から敵襲だ‼」

迎撃しようと馬車から身を乗り出して、後悔した。

それは、最悪の生き物。

太古の時代より地球に生息し、安住の地である家を瞬時に恐怖に陥れる夜の帝王である。

「きゃあああああああ‼」

「ロザリンド⁉　アレか！」

流石《さすが》は我が夫。把握が早い。

「あー、凛姉ちゃん苦手だったッスもんねぇ」

反射的に焼きつくそうとしたが……消し炭にはならず、アレの丸焼きが大量に降ってきた。

「いやあああああああ‼」

「火属性だからデザートコックローチにはあまり火は効かないッスよ……まあ、よく焼けてるけど」

凛花は冷静だが、私はそれどころではない。自分でやっといて、空から降ってきた巨大なＧ（こんがり焼けてます）に大パニックである。

「デザートへの冒涜《ぼうとく》だ！　デザートが食べられなくなる！」

「いや、砂漠だからデザートなだけッスよ……」

「む？　どういう意味だ？」

「自分らの世界にはいくつか国があって、砂漠をデザートという国があるんスよ」

私以外は余裕である。デザートコックローチ自体はさほど強くない。しかし、問題はそこじゃない。そこではないのだ。

「ディルク様、ヴァルキリー君、ロザリンドちゃんは任せたッス」

「え？　うん」

「オマカセヲ」

「総員、戦闘開始ッス‼」

『おう‼』

凛花はさっさと私を戦力外と判断してデザートコックローチ……私の中ではGの大群に襲いかかった。

いや、私《凛》だって独り暮らししていたから、独りの時は倒していたよ。でも凛花が来てからは、凛花さんたら虫が平気で素手でも潰《つぶ》せるほどの剛の者だったのでお任せしておりましたのよ。

結果、G耐性が下がったらしく一匹でも嫌なんですよ！　それがわさわさ空飛びまくっているとか悪夢以外の何者でもないわ！　しかもつーさんが馬車から杖《つえ》になって凛花と行っちゃったから、いきなり大量のＧとご対面してパニックになる私。

魔の夢の中では平気だったって？　焼き払ったら即消えたからね！　出ても一瞬で消し炭にもならないくらいキレイに消えていたからね！　多分魔もＧが嫌いなんじゃないかな！　きっとそうに違いない！

「い、いやあああああ‼」

「ロザリンド、落ち着いて！」

泣き叫ぶ私を宥《なだ》めるディルク。ヴァルキリーが馬車？　車？　になってくれたのでその中に避難させられた。

皆が戦っているのに、私だけ隠れる？　いや、だめだ。逃げちゃダメだ。逃げちゃダメだ。逃げちゃダメだ逃げちゃダメだ逃げちゃダメだ逃げちゃダメだ逃げちゃダメだ逃げちゃダメだ‼

「ていていていてい！」

結局、私は氷の槍《やり》魔法を乱発して皆を巻き込まない位置から巨大なＧを遠隔攻撃したり、皆が暑くないよう冷気を送るぐらいしかできなかった。

「……むしろ、太陽消すか」

ものは試し。ダンジョンに干渉して操作した。意外と上手くいって、ギラギラしていた太陽は地平の彼方へものすごい勢いで落ち、夜の景色《けしき》になった。まぁ、そのうち戻されるだろうけど灼熱《しやくねつ》の太陽と反射熱がないだけだいぶ戦いやすかろう。予想は的中し、夜の景色になったとたん、皆の動きが格段によくなった。特にマリーの動きが先ほどまでとはまるで違う。彼女は暑いのも寒いのも苦手だからだろう。

「疾風迅雷！　さて……戦いやすくなったとこで本気でいくッスよ！　変身《メタモルフォーゼ》‼」

その者、白き衣を纏《まと》い……大切なものを守るために戦う女戦士なり。

黒き悪魔を怖れず、果敢に戦う戦士……。その名は……。

お母さん‼

「ゴキブリなんぞ、このりんかーちゃんの敵ではないッスよ！」

「うわあ、強そう！」

凛花さんは白いエプロンに赤のワンピース、白くつ下に白いつっかけと……右手金棒、左手に洗剤を持っていた。アフロ風パーマも手伝って、お母さんというより鬼にしか見えない。もしや、鬼《おに》婆《ばば》ってこと⁉

「ゴキブリ退治なら新聞紙と洗剤と思ったッスが、新聞紙じゃ攻撃力が足らないと思ったッス」

「にゃー？」

よくわからなかったらしいマリー。なるほど。完全に深読みでした。ん？　洗剤？

はっと閃《ひらめ》いてしまった。G退治の定番、それは台所用洗剤。

「ま、待って！　凛花！」

「そいやぁ‼」

りんかーちゃんは洗剤を水に混ぜ、容赦なくGを次々と水に沈めた。もがくG！　冷静な部分では理解している。りんかーちゃんは最小限のコストで最大の効果を発揮する攻撃をしただけだと。

しかしそう都合よく冷静でいられるはずもなく、私の脳裏にたまたま夜中に水をのみに行った際、コップに落ちていたGとこんばんはしてしまい、容赦なく洗剤をぶっかけたものの……めっちゃカサカサされたトラウマが蘇《よみがえ》る！　もちろんコップは捨てました!!

「ひ……いやあああああ!!」

「ロザリンド、落ち着いて！」

「うわあああん！　ディルク、怖いよう!!　気持ち悪いよう!!」

ディルクによしよしされて少しだけ回復しましたが……私のライフはもうほぼゼロよ！　やめてあげて!!

洗剤攻撃で多数のGを一気に退治した凛花。洗剤が尽きたのか、さらに金棒で容赦なくGを潰していく。お前こそ真の勇者で剛の者だよ！　なんで平気なんだ、ちくしょうめ!!

ジェラルディンさん、ジャッシュ、ジェンド、サボテンさん達も頑張ってくれて、やっとG殲滅《せんめつ》に成功したのでした。

しかし。

「寄らないで」

『……………………』

私はディルクの膝《ひざ》の上でプルプルしていた。だって、皆……Gの体液まみれなんだもん！　寄るな触るな！　うわあああああん!!

「主、アレの魔石は……」

「素材も魔石もいらない！　むしろ鞄《かばん》に入れている人とは関わりたくない！」

全員魔法で浄化したが、ディルクのお膝から動けませんでした。

「ロザリンド、可愛《かわい》い」

ディルクさんだけは、大変満足そうでした。隠れSだと思います。

「ロザリンド……可愛い」

「お嬢様、可愛い」

ブルータス……じゃなかった。ジェンドとジャッシュ、お前らもか。

うちのパーティ、男性がほとんどSらしいです。

とりあえずまたGが来ると嫌なので、馬車は全力で走り、無事地下十二階をクリアしたのでした。

どうしてこうなった⁉

◇◇◇

さて、比較的安全な階段にて作戦会議をいたしました。今後もGは間違いなく出るでしょう。私はサボさんをまじえて作戦をたてたのです。

結果。現在地下十三階。

「わははははははははは‼」

高笑いするおっさん。

果てしなく並ぶサボテン達。

ここまでは今までと同じ光景です。

おっさんが操る馬は世紀末的センスのヴァルキリー馬。さらに、ヴァルキリーには……いや、馬車ごと風と氷の魔法がかかっています。馬車も世紀末的センスになっており、容赦なく魔物をガッツンガッツンとはね飛ばしております。ナニを容赦なくはね飛ばしているかは、私の精神衛生のため言いません。

しかも馬車は縦長になってます。理由は後ほど。

「わははははははは‼」

「ワタシハカゼニナル‼」

わりとクールなロージィ君と違い、ノリノリなヴァルキリーがジェラルディンさんから悪影響を受けないか心配になりました。


さて、次の階段への扉が見えてきました。サボさんが扉を開いてくれています。

魔法を解かず、そのまま突破しました。地下十四階入り口のドアも破壊して、そのまま走り抜けました。縦長にしたのはそのまま馬車で階段も走り抜けるためです。めっちゃ階段通過時に揺れましたが、根性で耐えました。

空路は使わないのかって？　四方八方からGに襲われたら、私がパニックを起こします。その後、魔力暴走を起こして仲間が危険です。

さすがのGも砂の中から攻撃を仕掛けることはないので陸路の方が精神衛生上もいいということになりました。


地下十五階、十六階、十七階、十八階も一気に走り抜けた。

このまま上手《うま》く走り抜けられるかと思いきや、地下十九階で異変が起きた。アリジゴク的なモンスターがやたら設置されていた。

数か所ならまだしもその数は多い。しかし、ダンジョンマスターも焦ったのか、アリジゴクに巻き込まれたGが喰《く》われて……見たらダメ！　いや待て！　それより……。

「サボテンさぁぁぁん⁉」

アリジゴクにサボテンさん達がめちゃくちゃハマりまくってるぅぅ‼

「うわあああ⁉」

「めっちゃアリジゴク的なのに流されてるッスぅぅ‼　デザートヘルアントッスか⁉」

私は走った。飛んでいるGがなんだ！　私達を守ろうとしたサボテンさん達を助けねば‼

仲間達も馬車から飛び出した。ぶっちゃけアリジゴクもどき……正式名はデザートヘルアント。

こいつはすり鉢状になった砂の中心部にいるから倒しやすい。次々と中心部に跳んで仕留めていくが……全部を倒すのは間に合わない！　サボテンさんがデザートヘルアントにかじられ………なかった。

「……は？」

かじるのかと思ったら、サボテンさんはデザートヘルアントにペッてされたよ。どゆこと⁇

後で兄に聞いたのだが、デザートヘルアントはサボテンを食べないらしい。むしろサボテン達に体液を搾取される側らしい。ちなみにGは悪食なのでサボテンさん達を食うこともあるそうな。

ぜひ滅ぼしたい。


「ロザリンド……」

「コックローチガコワイノニ、ワレラノタメニ……」

「ミナノモノ、イノルノダ！」

サボさんが叫ぶ。

「ミナノモノ、ネガウノダ！」

サボノバさんが叫ぶ。

「ワレラノタイセツナ、テンシロザリンドノタメニ！」

サボンヌさんも叫ぶ。いや、私は人間だから。天に召されてないから。

「ワレラハイマコソ、チカラヲアワセルノダ‼」

サボノビッチさんが叫ぶ。レジェンディア＝キングシャボテン達の呼びかけに、サボテン達が呼応する。

「サボ！」

「サボ！」

「サボ！」

「サボ！」

「サボ！」

「サボ！」

『イマコソ、ワレラノチカラヲヒトツニ‼』

「え？」

脳内で、荘厳なサボ天使のテーマが流れました。

サボ☆天よ神クラスになれ。

いやいや、おかしい！　色々おかしい‼

なんでこうなった⁉

『サボーン‼』

虹色《にじいろ》に輝くサボ☆天（ただし特盛……じゃなかった特大）。

以前見たサボ☆天はレジェンディア＝キングシャボテンや通常のサボテンさんサイズでした。しかし、今回のサボ☆天は形状はほぼ同様なのですが、やや太めで超でけえ。ドラゴン精霊のコウと高さは一緒です。ただ、コウより太いので質量的にはコウ三体分ぐらいありそう。

そうこうしているうちに、黒き悪魔の大群が押し寄せてきてパニックを起こす私。

『アンズルナ、ロザリンド。ロザリンドハ、ワレワレガマモル‼』

巨大サボ☆天……よし、キングサボ☆天と命名しよう。某合体するドラゴンなクエスト的有名モンスターを彷彿《ほうふつ》とさせるが、細かいことは気にしない！

私がアホなことを考えて思考をそらしている間に、キングサボ☆天は八枚の羽を輝かせ、Gを殲滅しだした。

『激！　世界終焉仙人掌爆《ワールドエンドサボンバー》‼』

Gはなすすべもなく爆破されていく。群れて飛ぶのがまずいと判断したのか、群れが散り始めた。

『覇王樹竜巻《サボテントルネード》‼』

キングサボ☆天は竜巻を起こしてGを集める。

『激！　世界終焉仙人掌爆《ワールドエンドサボンバー》‼』

そして一か所に集めると、爆発させた。

『ロザリンドハ、ワレワレガマモル‼　サボーン‼』

肩に手をぽん、とされました。

「……愛されてるッスね」

「あ、あはははは……」

もはやひきつった笑いしか出ませんでした。

マジでどうしてこうなった⁉

◇◇◇

地下十九階で全《すべ》てのGを殲滅してくれたキングサボ☆天。

ありがとう、キングサボ☆天！

本当にありがとう、キングサボ☆天！

『ワレラガツイテイケルノハ、ツギマデダ。ロザリンドドヲタスケタイ』

キングサボ☆天は、そう言って次の階に続く扉をあけた。


そして、つまった。


よく考えなくても当たり前だ。ドラゴンが人間サイズの扉をくぐれるか……明らかに無理である。

トゲが何故《なぜ》か柔らかいキングサボ☆天を引っ張ったが抜けない。

「主、俺がやろう。フンヌゥゥ‼」

ジェラルディンさんが頑張ったが、キングサボ☆天は抜けなかった。

「手伝います」

ジャッシュも手伝ったが抜けなかった。

「俺も手伝うよ」

ディルクも手伝ったが抜けなかった。

「僕も手伝う！」

ジェンドも手伝ったが抜けなかった。

「ロザリンドちゃん、自分この光景を昔、見た覚えがあるッス」

「うん、なんだったかなぁ……」

ええと……大きなサボテンを引っこ抜く……？　いや、違うな。それは見たままだ。なんかでっかい野菜だったような??

「……おおきな〇ぶ？」

「それだ‼」

「いいからロザリンド達も手伝ってよ！」

「「はーい」」

ディルクに叱《しか》られたので、お手伝いしました。ようやくサボテンは抜けました。やたら胴長になって、ダックスフントみたいだと思ったが、黙っときました。


さて、二十階の部屋手前、階段にて作戦会議です。凛花情報によれば、次はボス部屋になるらしい。本来なら、ゴールデンサボテン十体と巨大サボテンがここのエリアボスらしいのですが、私がサボテンさんを結果的に寝返らせてしまったため、奴らが代わりにいるだろうとのこと。

「というわけで、ロザリンドちゃんとディルク様はお留守番で」

色々話し合った結果、Gに確実にパニックを起こす私はディルクとお留守番。ディルクは私の魔力を無意識で安定させているらしい。

「陣形はどーするッスかね」

「このメンバーだと、基本は前衛が三人で凛花さんが後衛。私は状況に応じて動きますが、基本は中距離で全体のフォローをします」

「じゃあそれで」

「このメンバーならよほどがなければ負けないだろうけど、もし何か不測の事態が起きたら私も戦う。……あれは嫌いだけど、皆が傷つく方が嫌だから」

いざとなれば、戦える。凛花や皆は大切な存在だ。

「主……」

「お嬢様……」

「ロザリンド……」

「お姉ちゃん……」

なんで皆はうるうるしてんの？　なんか変なこと言った？

「じゃ、頑張るとするッスよ‼」

『おう‼』

そして、凛花達は扉をあけて部屋に走りこんだ。

しばらく待つが、なんの音もしない。戦闘が開始されたならもっとこう、破壊音とか破裂音とかが聞こえるのではないだろうか。まさかの防音設備??

「ディルク……」

「大丈夫。みんな強いんだから」

「……うん」

……五分経過。

「ディルク」

「……俺が行くよ」

そして、戻らないディルク。

ナニコレ、ホラー⁉　地味に怖い‼　いや、でもディルクの気配はちゃんと扉の外にある。探ると戦ってはいなくて……動揺と困惑が伝わってくる。しばらく待ったがやはり物音はしない。

恐る恐る扉をあけ……固まった。

そのもの、野に立ち、白きモノを埋め尽くす。虹色の輝きを纏《まと》いしは、伝説の覇王樹《サボテン》なり。

何が言いたいかといいますと、広大なボス部屋を埋め尽くす、マッチョネスト・サボテン達。その下に、巨大な白いGが三体。すでに死んでいるらしく、腹に風穴が空《あ》いている。

「……え？」

私に気がついた凛花が来てくれた。

「ロザリンドちゃんや」

「はい」

「サボテンさん達がボス倒していたッス」

「マジか」

「マジッス。自分らが来たときには、すでにこの状態ッス」

「マジか」

「マジッス。どうやら自分らが作戦会議している間に倒しちゃったらしくて」

「マジか」

「マジッス。なんか、よく考えたらマッチョネスト・サボテン達って先回りしていたじゃないッスか。十一〜二十階までなら自在に転移ができたらしいッス。階段は微妙だからさっきは焦ったらしいッスけど」

「マジか」

さっきから、動揺しすぎてマジかしか言えない。いや、うん。挙動不審になるしかない。情報量が多すぎる。

「しかも、ドアがあの死体の下でどうやって除去というか、証拠隠滅しようか相談してたんスよ」

「マジかよ！」

「マジッス。答えを出せないままに、ロザリンドちゃんが来ちゃったッス」

「マジか！　みんなに怪我《けが》がないのは嬉《うれ》しいけど……どうしよう」

悩んでいたら、サボテン達がGを解体……いや、あれは……吸っている⁉

「いやあああああ⁉」

「ロザリンド、落ち着いて！」

ディルクが目をふさいでくれたが、見てしまった。サボテンの足がGの体に埋まり、膨らむのを！

食べたらダメ！　お腹《なか》壊すよ⁉

「……ロザリンド、多分もう大丈夫だから、手をはなすよ？」

「は、はい…………」

そして、私が見たのは……。


そのもの、野に立ち、白きモノを埋め尽くす。虹色の輝きを纏いしは、伝説の覇王樹なり。

「どうしてこうなった⁉」

マッチョネスト・サボテン達が、ゴールデンサボテン達にクラスチェンジしている‼

体液を吸い尽くされたGはもはやカラカラシオシオの残骸《ざんがい》で、ジェラルディンさんが軽々とポイポイ投げて通路を確保している。

「ロザリンドヲイジメルヤツハ、タオシタ」

「ロザリンド、キヲツケテ」

「ありがとう、サボテンさん達」

でも、二度と吸うな。しばらく近寄れないじゃないか。

こうして、私達は先に進んだのでした。


私は忘れていた。動揺し過ぎて忘れていた。

あのサボテンズが実家に行ったらどうなるか、考えてなかった。


「なんで皆して進化しちゃったの⁉」

ボスを倒した経験値によりサボテン達はゴールデンサボテンになったわけだが、実家の兄からしたらいきなり二段階進化したわけで……大量のゴールデンサボテン発生により、ご近所さんから騎士団に通報されてしまったらしい。

「ロザリンドノタメダッタノダ」

既に説教フラグが発生していることを、今の私は知らない。

マジでどうしてこうなった⁉

◇◇◇

時間も夕方になりました。今夜はここで一泊だねと階段で夜営の準備をしようとする皆。

私が巨大Gの死骸《しがい》があるとこでは嫌だと駄々をこねた結果、階段で寝ることに……皆に申し訳ない……あれ？　そういえば……。

「ちょっと待った！　試したいことがある！」

私はポーチからあるアイテムを取り出した。

「あ、使えた」

そのアイテム名は『隠れ家の鍵《かぎ》』である。これさえあれば、いつでもどこでも快適ライフが実現するのである。

「オ帰リナサイマセ、マスター。オ風呂《ふろ》ノ準備ハ整ッテオリマス」

「ナビィ君、ありがと。皆も入ってー」

入るとさっそくナビィ君がお出迎えしてくれた。

「皆様、オ疲レデシヨウ。マッサージモ可能デス。健康《ヘルス》チェック。水分不足ヲ確認」

ナビィ君はアイスティーを出してくれた。

「おいしー」

「ふみゅー」

砂漠が暑かったから、アイスティーが体にしみる……。

「ロザリンドちゃん」

「はいな」

「ここはというか、これは何？」

「先ほど私が使った鍵は『隠れ家の鍵』です。かつて救世の聖女が使っていた魔具ですよ。キッチン、風呂トイレ別。冷暖房完備の優れもの」

「サラニ風呂ニハジャグジー、泡風呂、打タセ湯ヲゴ用意シマシタ」

「風呂の充実がはんぱないッス！」

「マッサージ機とコーヒー牛乳もあるよ」

「銭湯か⁉」

「？　戦闘⁇」

ジェンドは首をかしげている。

「んと……こっちにお風呂屋さんは無いんスか？　お金を払ってお風呂に入るとこッス」

「ああ、公衆浴場か」

基本庶民は行水なので公衆浴場は贅沢《ぜいたく》施設らしいです。ジェラルディンさんはわりと行くらしい。ジェンドはあること自体知りませんでした。うち、お風呂あるから必要ないし……昔はジェンド、貧乏だったし。

「とりあえず、全員お風呂に入ったらご飯にしましょうか」

こそこそと逃げようとしたマリーの首ねっこを捕まえた。

「いにゃあああ⁉　お風呂いにゃあああ‼」

「問答無用！　凛花！」

「了解ッス‼」

「いにゃあああ‼」

マリーを凛花と二人がかりで連行しました。猫だからか、マリーはお風呂が嫌いです。しかし、汗と砂まみれ、アレの体液にまみれたのです。浄化していようが、強制洗浄です‼

二人がかりでマリーは丸洗いされました。さて、まったりお風呂に浸《つ》かっていると、凛花が嘆きだした。

「ぐっ……なんという……これが格の違いというやつか……」

凛花は何やらうちひしがれている。

「先生……巨乳が……巨乳が欲しいです」

「凛花君、人生諦《あきら》めが肝心ですよ。ほっほ」

「先生ぇぇぇ⁉」※ツッコミ不在でお送りしております。

「ふみゅー」

大騒ぎする私達に対し、マリーはマイペースでまったり湯に浸かっています。洗われるのは嫌だけど、湯船は好きという不思議。マリーに気をとられていたら、凛花に背後をとられてしまった。

「くっ、この羨《うらや》ましいボインボインめえっ」

「こら！　私の乳を好きにしていいのはディルクだけです！　揉《も》むな‼」

「このリア充が！　くっ柔らかいだけでなく、張りがあるだと⁉　おまけにピンク色……」

「丸聞こえだからね⁉　ロザリンドも堂々と何宣言しているの！」

「「…………」」

丸聞こえだったらしいです。そして、凛花が怯《ひる》んだ一瞬を私が見逃すはずもない！　拘束を外し、やり返す！

「そんなに巨乳が欲しいなら、マッサージしてくれるわ‼」

「ちょ、いやあああん‼　や、向こうに聞こえているのになんてこと……あっやだぁ‼　ああああん‼」

容赦ない攻撃に、あられもない声をあげる凛花。

「い、いいかげんにしなさぁぁぁい‼」

「はーい」

ディルクの焦った声でやめました。凛花はぐったりしています。

「これが経験の差か……危うく新しい扉を開いちゃうとこだったッス」

「よく閉めとけ。封印しとけ」

「はいッス」

凛花はアホだと思います。百合《ゆり》の世界まではいかないでいただきたい。これ以上の性癖は不要です。

「わ、今日は薔薇《ばら》風呂もある」

日替わり風呂はナビィ君が用意してくれています。幸せ……マリーは鼻がいいからか、薔薇風呂は不評でした。いい匂《にお》いだと思うんだけどなあ。

そして、風呂あがりはコーヒー牛乳！　三人揃《そろ》って腰に手をあて、一気に飲みます。

「ぷはー」

「至福ッス‼」

「ふみゅ、コーヒーにゅーにゅーおいしい！」

牛乳と言えてないマリー、可愛《かわい》い。念入りに乾かしてブラッシングしたマリーは艶《つや》サラです。もふりたぃぃ‼　白猫、ジャスティス‼

カラスの行水になりがちな男性陣の方が遅かった。珍しい。特にジェラルディンさん。

「長かったね」

「……まあ、ジェンドは温度調整機能つきの風呂が初めてだったから説明しながらだったし、それはまぁいいんだけどジェラルディンさんが石鹸《せっけん》スケートをやりだしてジャッシュと捕獲したり、ロザリンド達は変な話をするし……」

ディルクとジャッシュは入る前より疲れている気がします。つーか、何やらかしてんだよ、おっさん。

二人にはマッサージ機の使用をすすめました。

はしゃぐおっさんを一瞬で縛り上げて、お説教をしときました。

「ジェラルディンさん、石鹸スケートは禁止です」

「きゅーん」

か、悲しげに鳴くな！　悲しげに鳴いたらなんでもかんでも許すと思ったら、大間違いなんだからね！

「入浴禁止とどっちにする？」

「もうしない」

「よし！」

ジェラルディンさんはお風呂が好きらしいです。

そして、マッサージが終了したらしい苦労人二人。

「お嬢様……ダメです。これは堕落の機械です。肩こりがスッキリして眠い……」

「寝ていいけど、ご飯食べてからね。すでにディルクは寝ているし、ご飯ができたら起こしてあげるから寝てていいよ？」

「いえ、お嬢様だけを働かせるわけには……お嬢様がいいお嫁さん過ぎてディルク様羨ましい……うう、撫《な》でないでくらさい……眠い………」

ジャッシュを撫でていたら、寝た。珍しいな。しかもなんか本音が出てたし。よく見たら、くまができてる。寝不足だったの？

「……兄さん、夜お父さんに付き合わされて昨日《きのう》あんまり寝てないからかな？」

ジェンドはそっとディルクとジャッシュに毛布をかけてあげた。気が利くね！

「おっさん、ご飯ができるまで正座して反省してろ。主命令です」

「きゅーん」

優しい息子に迷惑をかけるんじゃありません！

おっさんは部屋のすみでご飯ができるまで正座していました。たまにジェンドやマリーにつつかれて痙攣《けいれん》していました。いいぞ、もっとやれ。

「主、正座とは恐ろしい拷問なのだな！」

ご飯に呼んだジェラルディンさんの足は、生まれたての小鹿のようにプルプルしていました。いや、別に拷問ではない。流石《さすが》の私も味方に拷問したりしないからね⁉

◇◇◇

「ディルク、お風呂は男女で分かれているので先に男性陣を案内してあげてください」とロザリンドに言われた俺は、ナビィ君と一緒にジェラルディンさん達を連れてお風呂場まで移動していた。

今夜は夜営を想定していたけど、ロザリンドの隠れ家が使えることが判明したのでそっちを使うことに。安全面でも安心だし、夜営よりずっと快適だ。

隠れ家にジェンドは警戒しているみたいだけど、俺自身は何度もロザリンドと使っているから慣れたものだ。ジャッシュとジェラルディンさんは中でお茶したこともあるからか、さほど警戒している様子はない。

「初メテノ方モイラッシャイマスシ、説明ハイカガシマショウカ」

「俺が説明するから大丈夫だよ。ありがとう、ナビィ君」

「コレハ私ノ仕事《ミッション》デス。当然デス」

「そうだね。それでもお礼が言いたいんだ。ここがいつもキレイなのは君のおかげだ」

「……サブマスターハ変ワッテイマス」

無表情なはずのナビィ君が苦笑していた気がした。ロザリンドと結婚してから、俺はナビィ君にサブマスターと呼ばれている。

「わはははははは！」

「父上！　体を洗ってから入るんです！」

「…………」

「……ゴ案内ハイカガシマショウカ」

「……手に負えなかったらお願いします」

無表情なはずのナビィ君が、ジェラルディンさんに呆《あき》れているように見えた。

ジェンドは全く問題なかった。元来頭がいいから、説明すればすぐに理解する。ジャッシュも同じだ。わからなければ質問する。余計なことはしない。

「ここに服をいれて、タオルは湯船に入れないようにね」

「わかった。あれはマナー的にはどうなの？」

「……走るのはまずダメかな」

広い風呂にテンションが上がりまくったらしいジェラルディンさんが走っていた。相変わらず彼には羞恥心《しゅうちしん》がないのか、何も隠していない。

「父上！　前ぐらい隠してください！」

タオルをもってジャッシュが追いかけていたが、最後には諦めていた。

「……お疲れ様」

「……父上がすいません……」

別にジャッシュは悪くない。苦労性だなと思った。ちなみにジェラルディンさんは楽しそうに打たせ湯で遊んでいる。

ジェンドにシャワーとカランの使い方を説明して体を洗い、ゆったり湯船に浸《つ》かっていたら、女湯から声がした。

「くっ、この羨ましいボインボインめえっ」

凛花さん……かな？　ボインボインって、うちのロザリンド？

「こら！　私の乳を好きにしていいのはディルクだけです！　揉むな‼」

ええ⁉　揉まれてるの⁉　ついロザリンドのたわわな胸を凛花さんが揉むのを想像してしまった。

「このリア充が！　くっ柔らかいだけでなく、張りがあるだと⁉　おまけにピンク色……」

「丸聞こえだからね⁉　ロザリンドも堂々と何宣言しているの！」

凛花さんが具体的にロザリンドの胸について語ろうとしたので慌てて叫んだ。とりあえず、言い争う声がしなくなってホッとした。しかし、ロザリンドがやり返さないわけがなかった。

「そんなに巨乳が欲しいなら、マッサージしてくれるわ‼」

「ちょ、いやあああん‼　向こうに聞こえているのになんてこと……あっやだぁ‼　ああああん‼」

反撃に出たらしいロザリンド。あられもない声をあげる凛花さん。いやんとか、先はだめとか、本当に何をしてるんだ！　俺は幸いロザリンドの声以外には反応しないが……もしロザリンドがあんな声を出していたら……ヤバい！　下半身が反応してしまった！

「い、いいかげんにしなさぁぁぁい‼」

なかば照れ隠しで叫ぶと、ロザリンドは素直にやめたらしい。

「はーい」

返事とともに、女湯は静かになった。しかし、反応してしまった下半身をどうしよう。チラリとジャッシュ達をうかがうと、前屈《まえかが》みになっていた。まあ、仕方ないよね。

「わはははははは‼」

あ、萎《な》えた。

全裸で石鹸を両の足にくくりつけ、ブツをぶらぶらさせながら滑るジェラルディンさんに一瞬で冷静に……ってていや待て！

「何してんですか⁉」

「わはははははは‼」

「父上！　やめなさい！　危険です！　ぐふっ！」

早速石鹸スケートのせいでジャッシュが滑ったらしい。なんて迷惑なオッサンなんだ！

「いいかげんに……！」

追いついて掴《つか》もうとしたが、滑った。

「わはははは‼　俺の石鹸コーティングされた体は捕まえられないだろう‼」

イラッとしたが、実際に滑ってつかめないのは確かだ。ジャッシュも加勢して打撃を加えるが、石鹸でうまく打撃をも滑らせていてダメージには至らない。

「ぐあっ⁉」

遠隔からの桶《おけ》による一撃でジェラルディンさんはうずくまった。頭に直撃したので、痛かったのだろう。桶を投げたジェンドは言った。

「父さん、いいかげんにして。兄さんとディルクも、全裸でなにしてんの」

「「すいません」」

確かに、全裸でぶらぶらさせて戦うとか……何しているんだよ。俺とジャッシュはスゴスゴと浴槽に戻った。

今日の日替わり風呂《ぶろ》はショウガ湯だった。獣人の俺達に配慮されていて、匂《にお》いはあまり気にならない。石鹸なんかも、獣人仕様の仄《ほの》かに匂《にお》うものにされていて、ナビィ君の気遣いにホッコリしていたが……。

「わはははは‼」

「わぷっ⁉　父上！　やめてください！」

迷惑なオッサンはジャッシュにお湯をかけてイタズラしていた。

「いいかげんにしてよ、お父さん‼　兄さんがかわいそうだ‼」

ついにジェンドがキレてジェラルディンさんに説教をした。ジェンドは先にあがるらしい。俺もでるかな。しょんぼりしたオッサンは、暫《しばら》くしたら復活してしまうだろう。

「ナビィ君、あの人……ジェラルディンさんの案内をよろしく」

「了解《ラジャー》」

早速ナビィ君に叱《しか》られたらしく、ナビィ君の電気攻撃の音と悲鳴が聞こえた。

「……ディルク様、ありがとうございます。ナビィ殿に任せれば大丈夫そうです」

「……お疲れ様」

なんだか疲れをとるはずのお風呂で、俺達はどっと疲れてしまった。ジェラルディンさんは最初からナビィ君に任せるべきだったかもしれない。

ロザリンドにすすめられたマッサージ機でウトウトしていたら、ロザリンドがそっと近寄ってきた。湯上がりのいい匂いがする。

「……お疲れ様、ダーリン。今日はありがとう……大好き」

チュッと額にキスが落とされた。眠気は飛んだが、しばらく悶《もだ》えるはめになった。不意打ちは卑《ひ》怯《きょう》だと思う‼

追伸・ジェラルディンさんはあの後、コーヒー牛乳の飲みすぎでトイレに駆け込んでいました。

◇◇◇

夕飯は何にしようかな？　キッチンで適当に食材を出していたら、凛花とジェンドが来た。

「お手伝いするッス」

「僕も手伝うよ」

「うん、よろしく。夕飯何にしようかな」

「肉じゃがで」

「ハンバーグ食べたい」

「凛花はぶれないな」

しかしまあ、手伝ってくれているし、いいか。

そして夕飯はできた。ご飯、豆腐とワカメとネギの味噌汁《みそしる》、肉じゃが（ただしマリーのみ焼魚）、焼豚（肉はオーク）、ハンバーグ、ほうれん草のおひたし、だし巻き玉子。

足りなければまた追加しよう。

「ご飯だよ～」

「ん……あ、ごめん！　寝てた！」

「すいません、お嬢様に作らせてしまうなど……！」

ディルクはともかく、ジャッシュが死んでお詫《わ》びをとか言いそうなぐらい重い。

「気にしないで。凛花とジェンドが手伝ったから手は足りていたし。今日は（主にジェラルディンさんのお守りで）疲れたでしょう？　たくさん食べてね」

「お嬢様……」

「兄さんは主にお父さんのせいで疲れているんだよね。お父さんなら自力で帰れるだろうから、今からでも家に置いとく？」

「……いや、父上がかわいそうだよ。それにね、ジェンド。父上はああみえて国を救ったこともある英雄だ。戦闘能力は誰《だれ》より高いんだよ。父上は確実にお嬢様の力になる」

「……うん。わかった」

「ジェンド……」

「僕がちゃんと、兄さんが困らないようにお父さんをしつけるよ！」

「ジェンドぉぉ!?」

「僕、頑張るね！」

「ジェンドぉぉ!?」

ジェンドはイイ笑顔でジェラルディンさんのとこに行きました。それはもう、イイ笑顔でした。

「発想がロザリンドちゃんぽいッス」

「そ、そんなことないよ！」

やめろ！　私に全責任を押し付けないでくれ‼

「可愛《かわい》い弟が……」

さめざめと泣くジャッシュを全員で慰めました。

「お父さんは兄さんに甘えすぎ。大人なんだから、兄さんに迷惑をかけないで！」

「きゅ、きゅーん……」

そして、ジェンドに叱られてしょんぼりするジェラルディンさんというレアなものを見つつ夕飯となった。

「ロザリンドのご飯……」

「お姉ちゃんのご飯……」

「お嬢様のご飯……」

ジェンド、マリー、ジャッシュはご飯を幸せそうに食べている。

「主の作る食事はいつもうまいな！」

「お父さん、食べ物を口にいれたまましゃべらない！」

「きゅ、きゅーん」

ジェンド、なんかお母さんみたい。確かに食物が出そうだったから助かったけど。ジェラルディンさんはちゃんとモグモグごっくんしてから私に話しかけた。

「しかし、惜しかったな」

「何が？」

「あの白いやつはエビみたいで、ものすごくうまいんだ！　塩で焼くだけでもうまいのだ！」

「しろ……いの？」

あれか？　あのサボテンに殺《や》られたアレか⁉　アレ食えるの⁉　つか、食ったの⁉　ダメだ、気持ち悪い！　考えたらリバースしかねない‼

「ロザリンド⁉　ジェラルディンさん……悪気がないのはわかりますが、見るだけでダメなものを食べる話をするなんて酷《ひど》いです！　ロザリンド、行こう！」

ディルクはふらついた私を素早くお姫様抱っこして、部屋に連れていってくれようとする。

「ディルク、ご飯は……」

「後で。顔色が悪いロザリンドをほっといてご飯なんか食べれない。俺、そんな最低男になりたくない」

うおお……うちの旦那《だんな》様超イケメン！　やっべぇキュンキュンするんですが！　真顔で何言ってんの⁉　か、カッコいい‼　というか、私めちゃくちゃディルクに大事にされている……！

「うー」

「気持ち悪いの？　顔色は良くなったみたい……？　ロザリンド？」

照れた顔を見られたくなくてディルクの肩にぐりぐり額を擦り付けた。

「も、もう気持ち悪くないから平気」

部屋に入るとベッドに下ろされた。すぐ布団にくるまり、背を向ける。うう、むしろなんかディルクにときめき過ぎてキュン死ぬぅ。

「ロザリンド……大丈夫？」

「平気だから！　ご飯食べてきて！」

「いや、ナビィ君に頼んで運んできてもらうよ」

おうふ……ディルクがイケメン過ぎて辛《つら》い。

そして、私はディルクの膝《ひざ》に乗せられてあーんをされるという羞恥《しゅうち》プレイなう。

「あーん」

「じ、自分で食べられるから！」

「ちゃんと食べないとダメだよ」

「うー、あ、あーん」

「あ、ちょっとついちゃったね」

ディルクが唇をなななな舐《な》めた……だと⁉

「は、はわわわわわわ」

「ふふ、ロザリンド……可愛い」

耳をはむはむすんなぁぁ‼　何⁉　ディルクさんどうしちゃったわけ⁉

「ディルク！　気はそれた！　食欲はあるから！　もういいから！」

必死にディルクの膝から降りようとするが……びくともしない。純粋に力の差である。

「……ロザリンド、可愛い」

「ひあぁ⁉」

それから散々舐められ、吸われ、揉《も》まれたりして食事を終える頃《ころ》には、私はぐったりである。

「ごめんね。照れるロザリンドが可愛くて、つい意地悪しちゃった」

なん……だと？

「……いつから、私が照れていると気がついてらしたんでしょうか？」

「ん？　……うーってうめいてた辺り？」

「最初じゃないかぁぁ‼」

そして、よく考えたら結ばれてからある程度思考が駄々漏れになってたんだったよ！

「ディルクのばか！　意地悪！」

「ごめんね？　可愛い奥さん」

色気がすげぇ。

ディルクさんたら、可愛い系からセクシー系にジョブチェンジですか⁇　私、負けてる！　色気で負けてる！　ヤバい……なんかくらくらする……なんというか……したくなる。

「ディルクぅ……」

こういう、言いにくいときには繋《つな》がりは便利です。そして、それはもう愛《め》でられてしまいました。後に、人間でもつがいだとフェロモン酔いがあることが発覚。ただし獣人ほどは酷くないそうな。

フェロモンに酔わされた私は、それはもう……うん。えらいこっちゃでした。ディルクさんはあれよりスゴいのをよく耐えたよね……。


翌朝。

ジェラルディンさんが吊《つ》るされていました。

「ジェラルディンさぁぁん⁉」

「主か……昨日《きのう》はすまなかった」

「もうどうでもいいわ！　なんでこんなことに⁉」

「うむ、皆に怒られた」

「シンプルな理由だな！」

そして、朝食。

私とディルク以外、皆さん怒りのオーラが……必死でもう大丈夫だと告げて許してもらいました。

どうしてこうなった⁉

◇◇◇

時間は少し巻き戻る。

渡瀬凛花、大興奮してます！　気分が悪くなったらしいロザリンドちゃんを、ディルクさんが颯《さっ》爽《そう》とお姫様抱っこで連れ去った。カッコいい‼　いやん、憧《あこが》れるッスよ‼

「おじさん、さいてー」

「ぬ？」

「お姉ちゃん、こっくろ？　苦手。なのに、食べる話して、気持ち悪くした。おじさん、さいてー。嫌い」

てしーん、てしーん。マリーちゃんの尻尾《しっぽ》が不機嫌に揺れた。

「父上……見損ないました！　最低です！」

ジャッシュさん……目が超怒ってるッス！　怖い！

「お父さん、最低‼」

ジェンド君とジャッシュさんが怒って席を立ちました。しかしご飯はきちんと確保しています。流石《さすが》です。

「マリーも行く！」

マリーちゃんも自分の皿を持って部屋にいってしまいました。

「…………」

あ、逃げ遅れた。

ジェラルディンさんと二人きりッス。超気まずい。

「……リンカ殿は行かないのか？」

「え？　あー、はい」

いくら自分でも（自業自得とはいえ）しょんぼりした人をボッチにするのはちょっと……。

ロザリンドちゃんはディルクさんがどーにかするから絶対大丈夫だし……。

「そうか。俺はこんなだからな。他人をいつも怒らせてしまうのだ」

相当にへこんでいらっしゃる。耳も尻尾もしんなりですよ。

「……初めて、だったんだ」

「何がッスか？」

「対等か、格上の相手と泊まりで冒険をするのが。息子達と冒険をするのが」

ジェラルディンさんは、いつも相手が格下だったから今回が楽しくて仕方ないのだと話した。しかし、息子達を怒らせてばかりだとしょんぼりした。

「しかし、主に対しては何が悪かったのだろうか。あれは食わず嫌いするにはもったいないものなのだが……」

ウルファネアでは普通に高級食材であり、いいだしが出るし、身もとても美味らしい。文化の違いですね。ジェラルディンさん、本当に悪気なかったんスね。

「あれはダメッスよ。話したくも見たくもないレベルッスから。食べるなんて無理ッスよ」

「そうなのか？」

いまいち解《わか》ってないご様子。うーむ……。

「つーさん、いい例えないッスか？　どんなに美味《おい》しくてもウルファネアで嫌悪される虫系魔物はいないッスか？　え？　フナムシモドキ？」

「……！？」

ジェラルディンさんの尻尾が……いや、全身の毛がぶわわわわってなったッス。

「い……今なんと？」

「フナムシモ……」

「いや、言わなくていい‼」

あ、よく見たら鳥肌たってるッスよ。

「ロザリンドちゃんにそのフナムシホニャララを食べろと言うのと同じッスよ。ジェラルディンさんもどんなに美味しくても食べたくないでしょ？」

ジェラルディンさんは何度も頷《うなず》いた。しかし、この人がこんな反応するなんてどんな魔物なんだろうか。いや、知らない方がいい気がするッス。

「見るのも嫌な物を食べられるわけがないッスよね？」

「俺は……俺は主になんと酷《ひど》いことを……！」

ジェラルディンさんが泣いた。マジ泣きだ。どうしよう。泣かせてしまった。

「うぐっ、ふぐぅぅ……」

オッサンは泣き止《や》まない。

「ロザリンドちゃんは怒ってないッスよ」

「いや、俺が自分を許せない……！」

これ、どうしたらいいッスかね……困っていたら、全身白タイツ鳩《はと》マスクがやって来た。

え？　あ、ポッポちゃ……ん……？　そのロープは何⁇　神の使者で自称勇者のサポーターでもあるポッポちゃんは何故かロープ持参で現れた。

「話は聞かせていただきました。我が主、ロザリンド様への心ない発言に罰を与えましょう」

「ああ、頼む」

こうして、ジェラルディンさんは吊るされたッス。いや、なんでだ⁉　ポッポちゃんは手際よくジェラルディンさんを吊るすといなくなった。

カムバック、ポッポちゃぁぁぁん‼

「もういいッスよ！　吊るされたまま寝るとか、体に悪いッス」

「いや、問題ない」

「問題あるッス！　明日からまたダンジョン攻略ッスよ⁉」

反省したオッサンは吊るされたまま寝ると言って聞かず、自分ではダメだと判断してジャッシュさんを呼びに行ったッス。

「父上……反省したのはいいですが、今度はリンカさんを困らせてどうするんですか」

しかし、反省したオッサンは皆の説得を聞いてくれなかった。ジャッシュさんでもダメだったから、ジェンド君とマリーちゃんも説得して全員で言ってもダメだった。

結局、自分達が折れたッス。


そして、朝。

「ジェラルディンさぁぁん⁉」

吊るされたジェラルディンさんに驚愕《きようがく》するロザリンドちゃん。

「主か……昨日《きのう》はすまなかった」

「もうどうでもいいわ！　なんでこんなことに⁉」

やはりロザリンドちゃんは怒ってなかった。

「うむ、皆に怒られた」

オッサン、それだと自分達が吊るしたみたいじゃないッスか。実行犯はポッポちゃんで吊るされるのを望んだのはジェラルディンさんッスよ！

「シンプルな理由だな！」

ロザリンドちゃんも信じるなッス。


そして、朝食。

ロザリンドちゃんとディルクさん以外怒っていると思ったらしく、ロザリンドちゃんが必死でもう大丈夫だと告げていました。

皆、否定するのが面倒だし、なんか精神的に疲れたので許してあげることにしたらしいッス。

追伸・本気で反省したジェラルディンさんは、以後けしてコックローチを話題に出さず、似た魔物はロザリンドちゃんに見せないように一瞬で倒していたッス。

……めでたしめでたし？

◇◇◇

朝食後ダンジョン攻略を再開した。

地下二十一階。

扉を開けた途端に香る緑の匂《にお》い。どうやら次は森みたいですね。

「ちょうどいいから採取しましょうか。ジェラルディン、周囲の敵を蹴散《けち》らせ。ジェンド、ついて行きなさい。貴方《あなた》は自衛に専念するのよ」

「え？　わかった」

「では行くぞ！」

「待って……って、速い！　待ってよぉぉ!!」

ジェラルディンさんはあっという間にいなくなりました。ジェンドが慌てて追いかけます。

「さて、ゴラちゃん、スイ、アリサ、食べられる植物を教えてくれる？」

「任セヨ」

「仕方ないね」

「はーい」

「え？　先に進まないんスか？」

「進むけど、山菜とかを補充しときたい。獣人が多いから、食材が不足しないようある程度補給はすべきだよ」

「なるほど」


というわけで、食材探し。

「あ、松茸《まつたけ》的なキノコ発見ッス！」

「毒だね」

「兄様のお土産にするからちょうだい」

「結構珍しいから、ルーきっと喜ぶよ」

「あ、カラフルなキノコ発見ッス！」

「毒だね」

またしても兄様のお土産。

「このほうれん草的な草は……!?」

「毒だね」

「何故《なぜ》毒ばかり……！」

「……お見事」

「嬉《うれ》しくないッス‼」

凛花はやたら毒ばかり見つけていました。食べれそうなやつから明らかに無理そうなやつまで、バラエティに富んでいます。あまりにも毒ばかりなので、最終的にスイが探して凛花が採取するという形になりました。

ちなみにチタは記憶喪失なので採取には不向きです。

「あ、これはどうですか？」

「食エルガ、苦イ」

「……これは？」

「食エルガ、エグイ」

「……これはどうですか⁉」

「揚ゲルト、ウマイ」

「やった……！」

何故か微妙な味ばかりを引き当てていたジャッシュ。ゴラちゃんと組んでいます。良かったね。山菜の天ぷら作るからね。


私はディルクとペアです。騎士も場合によっては食料を現地調達するらしく、詳しいとのこと。

「あ、ロザリンド、あれはおいしいよ」

「うん」

オレンジっぽい実を大量ゲット。味は……パイナップル……だと？　しかし、おいしい。

「ロザリンド、あのキノコは高級食材らしいよ」

「そっかぁ」

しめじっぽいキノコ、大量ゲット。スイに後で聞いたら、やはりしめじだった。美味《おい》しいよね、しめじ。

「ロザリンド、あっちとそっちのキノコもおいしいよ。前にスープにして食べたことがある」

「ディルクは物知りだね」

「そ、そうかな……」

「惚《ほ》れ直しました」

「え……あ、ありがとう」

尻尾《しっぽ》がご機嫌な揺れかたです。照れる物知りディルク、可愛《かわい》い。ちょっとだけなら許されるよね？

「にゃっ⁉」

尻尾を捕獲してナデナデする。

「ちょ……やめ……ふにゃあ⁉」

「もふもふ……」

「ロザリンドちゃん、いちゃつくのは後にするッス」

「「すいません」」

叱《しか》られましたが、私達はその後キノコを大量ゲット！　ちなみにエリンギとマイタケが多かった。ナメコもありました。みそ汁にしよう。

うむ、今夜はキノコ尽くしが食べたいな。キノコ汁、天ぷら、炊き込みご飯……。

ちなみにキノコは食べれるやつに似た毒キノコもあるんでゴラちゃんに選別してもらいましたが、私達が採ったやつに毒はありませんでした。


そんなことを考えながら、採取すること一時間。

「ママ、採ったどー」

「にゃふー、たいりょー！」

アリサとマリーペアがたくさん採ってきたらしい。

「どれどれ？」

スイが中身を見て、真顔になった。

「ミラクルキノコ、奇跡のハーブ、レインボーアップル、神秘のマンゴー、神の玉ねぎ、月の果実」

「……最低でもSランク、最高SSSランク食材までも……すげぇッス！　アリサちゃんとマリーちゃんは食材集めの天才ッス‼」

「いや、本当にすごいわ。頑張ったね」

「「えへへへ」」

私と凛花にナデナデされて、二人はご機嫌です。うむ、可愛い。

「主！　狩ってきたぞ！」

「………………疲れた」

「うわ」

ジャイアントバッファローに、グリーンリザードに、マッドラビット……どれも大物です。

「このフロアの魔物は全《すべ》て殲滅《せんめつ》した。うまい獲物だけ持ってきたぞ」

尻尾をパタパタするわんこ……ではなくジェラルディンさん。

「お疲れ様です。夕飯は期待してください」

「ああ、主のご飯はいつもうまいからな！」

撫《な》でやすいようかがむわんこ……じゃなかった、ジェラルディンさん。うん、お疲れ様の意味をこめて撫でると嬉しそうだった。

「ジェンド」

「何」

「お父さん、どうでした？」

「……冒険者としては、すごかった」

素直じゃないけど、それが本音なのでしょう。最近私達といると前に出すぎないようセーブしているけど、本来のジェラルディンさんは先陣をきって戦うタイプだ。自由に戦ってこそ、その本領を発揮する。

ジェンドは、英雄の本領を見たことがない。

彼は、英雄ジェラルディンは、人として欠落している。それは先天的なものも多少あるだろうが、ほぼ後天的なものであると私は考えている。ウルファネアにおいて、彼は孤独な一匹狼《おおかみ》だった。だからこそ、本来のルートで彼は死ぬのだ。他人の心に鈍いのは、自分の心にも鈍いからだ。彼は頼ることを知らず、ずっと独りで全てをこなしてきた。その結末が、死だった。

彼を従僕にすることは不本意だったが、たまにこれでよかったのだと思うことがある。

孤高の狼は、主を得てようやく群れに入れたのだと……今の、妻や子供に囲まれて幸せそうな彼を見ていると、そう思うのだ。

「わはははは!!」

今は基本迷惑なオッサンだが、多分これでよかったのだと思う。多分。

「ジェンド」

「何？」

「この階層ではしばらく採取をします。その間、ジェンドはジェラルディンさんについていってください」

「……なんで？」

「冒険者として、学ぶべき部分がたくさんあるでしょう？　できるかぎりたくさん、盗んどいてください」

「……頑張ってみる」

ジェンドは苦笑した。

二十一から二十九階までは、採取しつつ特に問題なく進むことができた。しかし、ジェンドがしんなりした。ジェラルディンさんとの体力差を考慮してなかったわ。ジェンド、ごめん。

◇◇◇

ロザリンドが言った。

「ちょうどいいから採取しましょうか。ジェラルディン、周囲の敵を蹴散らせ。ジェンド、ついて行きなさい。貴方は自衛に専念するのよ」

「え？　わかった」

自衛するだけ？　と疑問に思ったものの、とりあえず頷《うなず》いた。

「では行くぞ！」

「待って……って、速い！　待ってよぉぉ‼」

お父さんは速かった。なんでこんな木がたくさん生えてる場所で走れるんだよ！　確かについていくだけで精一杯で、この調子では自衛がやっとだろう。

「！？？」

叫ばなかった自分を誉《ほ》めてやりたい。今度は木に駆け登り、飛び降りた時に魔物を仕留めたらしい。魔物はお父さんに気がつく間もなく殺られていた。

僕はどこかでお父さんに失望していた。お父さんをバカにしていた。実際、あの人はあまり頭がよくない。

僕が小さい頃《ころ》、周囲の獣人達はよく『英雄ジェラルディン』の話をしてくれた。獣人ならば大概は知っている英雄譚《たん》だ。だから、僕は昔お父さんに憧《あこが》れていた。お母さんに口止めされていたから言わなかったけど、僕は英雄の子供なんだと誇りに思っていた。

実際は……お父さんは強いけど迷惑なオッサンだった。正直、現実なんてそんなもんだと思ったりもした。

だけど……。

「わははははは‼」

それは、ただひたすらに圧倒的な暴力だった。僕は近付くことすらできずに、この嵐《あらし》が収まるのを待つだけだ。

お姉ちゃんの武器を使いこなし、敵をひたすらに殺している。僕もやはり獣人だから、胸が熱くなる。圧倒的すぎるこの強者《つわもの》に、どうしようもなく憧れてしまった。

僕は、一流の冒険者になった。皆に比べたら、ランクアップも早かった。だが、それになんの意味がある？　この圧倒的すぎる力の前に、あまりにも僕は無力だった。皆が憧れた『争乱の英雄・ジェラルディン』は確かに、この眼前に存在していた。

「お父さん」

「む？」

「お父さんは、どうしてロザリンドお姉ちゃんを主にしたの？」

「うむ……恩があったのはもちろんだが……初めて俺を負かした相手だからだ」

「……多対一だったのに？」

確か、お父さんを囲んで戦ったと聞いた気がする。

「ジェンド、お前は多対一で俺に勝てるか？」

「…………」

今の自分では、無理だ。いや、待て。

「ロザリンドとディルクがいれば……」

確実に勝てる。お父さんは頷いた。

「…………そうだな。その二人はなしで頼む」

「じゃあ母さんがいれば……」

「待て」

「なに？」

「何故《なぜ》ルーミアなんだ？」

「お父さんはお母さんに叱《しか》られたら固まるから、その隙に……」

「はっはっは！　確かにな！　ジェンドは主に育てられたようなものだからか、発想が面白いな！」

頭をぐしゃぐしゃにされた。僕なんかロザリンドに比べたら、ごく普通だと思うけどなぁ？

「そういえばさぁ」

「ん？」

「僕、獣人仲間からよく『英雄ジェラルディン』の話を聞いた。冒険者仲間からも」

「ふむ」

「昔は強さに憧れた。いつか、僕もお父さんみたく強くなりたいって」

「そうか」

お父さんは嬉《うれ》しそうだった。失望させちゃうかな？

「でも、今は……今の僕ならもっと英雄を上手《うま》く使ってさっさと戦争なんか終わらせたのになって思う。いや、そもそも戦争なんか起こさせない」

「……ほう？」

「英雄という切札《エース》があるんだ。相手に降参させるよう立ち回るべきだったよね」

「……例えば？」

僕は英雄の話からいくつかを例にとってどうすべきだったか、策を話した。お父さんは楽しそうに相づちをうち、たまにそれは現実的じゃないと否定したり頷いたりしていた。

「ジェンドは軍師向きだな」

「軍師？　嫌だよ。そんなのになるぐらいなら外交官にでもなって、戦争なんか起きないように裏工作するよ」

「……うむ。なるほど。確かにジェンドが居たなら、俺は英雄ではなくただの腕っぷしの強いオッサンだったかもしれんな。同胞もあれほど死なずにすんだかもしれん。お前のほうがよほど英雄と称されるに相応《ふさわ》しいかもしれんな」

こんなにお父さんと話したのは、多分初めてだった。ロザリンドとの、さっきの会話を思い出す。

「ジェンド」

「何？」

「この階層ではしばらく採取をします。その間、ジェンドはジェラルディンさんについていてください」

「……なんで？」

「冒険者として、学ぶべき部分がたくさんあるでしょう？　できるかぎりたくさん、盗んどいてください」

「……頑張ってみる」

苦笑しかできなかった。だって、参考になるかなぁ？　僕はこれでも一流の冒険者だ。でも今回で、超一流と一流の差があまりにも大きいことを知った。

いや、いいんだ。僕は英雄になれなくたって、僕として強くなればいい。

そして、開き直って色々やってみた。お父さんからは超直感を使うコツを教わった。結果……。

バテた。

しかも、超直感て乱発すると頭痛がするって初めて知った。

いや、うん。失敗することだってあるよね！　でも、お父さんの本気を見ることができたおかげで、僕はもっと強くなれそうです。

◇◇◇

さて、やって来ました地下三十階。ボス部屋です。

「皆、心の準備はいいですか？　行きますよ！」

『おう！』

扉を開けると、緑の匂《にお》いを感じる。部屋の中央には巨木……いや、これは……。

「ここのボスは魔力食いか」

「樹木ならばこの……木こ凛花にお任せッス！　伐採上等‼」

斧《おの》を振り回す、むさいオッサン《木こ凛花》。危ないからやめろ。

「ギィイ⁉︎」

魔力食いは怯《おび》えている。効果は抜群だ。魔力食いが凛花に怯えている隙に、魔力を冷気に変換する。ミルフィが以前、わざと魔力を吸わせて内部破壊したらしい。同じ手段を使わせてもらおう。

「ま、待ってください！　謝ります！　土下座します！　誠心誠意、全力をもって謝罪しますから、許してください！　お願いします‼」

つむじしか見えないが、見覚えがある少年が目の前に現れ、土下座していた。

「シーダ君ちの、きーちゃん？」

シーダ君に預けられた魔力食いの長《おさ》個体は何をどう間違ったのか、精霊化してしまった。シーダ君の魔力のせいだと思われる。

多分兄が調合した特殊肥料や私の魔力のせいではない。私はほんのちょこっとしかあげていない。きっと肥沃《ひよく》なウルファネアの大地とシーダ君の魔力のせいに違いない。きっとそうに違いない‼

「お前も一族郎党皆殺しにされたくなければ全力をもって謝罪しろ！」

「ギィイ‼」

「無理すんな！　戦う意思がないのはわかったから！」

魔力食いも多分土下座しようとしたのだが、木の幹はそもそも曲がる仕様ではない。えらいミシミシいってたよ⁉

「ギィィ……」

「魔力食いは美味《おい》しくないですから、許してください！　葉っぱは枯れない程度ならいくらでも差し上げますからぁ‼」

「あの……」

「すいません、すいません！　生きてすいません！　見逃してやってくださいぃ‼」

「ギイィ……」

「お前は黙ってろ！　ロザリンド様はなぁ、ほぼ独りで大海嘯《だいかいしょう》を止めて、英雄を下僕にして、SSSランクを狩りまくって食料にしまくり、SSSランク魔物組合で最年少危険人物リスト入りしたあげく、あのミルフィ様をも従えているんだぞ⁉」

「待て！　ミルフィはあくまで親友だから！　従えてないから！　いや、SSSランク魔物組合って何⁉　危険人物リストに入っちゃってんの⁉」

「ギイィ⁉　ギイィィィ‼」

「いや、だから無理すんな！　折れるから‼」

　パニックを起こして土下座しようとする魔力食いを宥《なだ》めるのが大変でした。むしろきーちゃんもパニックを起こしているのでそっちを宥めるのも大変でした。

　結局、SSSランクの知能が高い魔物の組合で私がブラックリスト入りしているらしいと知りました。ジェラルディンさんもらしいです。しかし、ディルクは入ってないらしい。解《げ》せぬ。とりあえずこれだけは言わせてくれ！

「流石《さすが》の私も、無抵抗の相手を倒したりはしないから！」

　明らかにホッとした様子のきーちゃんと魔力食い。

「よかったな！」

「ギィィ！」

「お前、危なかったぞ！　ロザリンド様のアイディアでミルフィ様はあの残酷な氷魔法を使ったらしいからな！」

「ギ、ギィィ⁉」

「そうだぞ！　今度こそ内側からズタズタにされながら氷漬けになるとこだったんだ」

「ギィイ……」

魔力食いの葉っぱが真っ白になった。ショックだったらしい。同じ戦法で倒そうとしていたことは内緒にしておこう。

「……さっき、氷結魔法使おうとしてたッスよね？」

「な、なんのことかな？」

「「…………」」

きーちゃんと魔力食いにも聞こえていたらしい。きーちゃんの顔は真っ青になっていた。魔力食いの葉っぱはまだ真っ白だ。

「い、いや！　やらない！　今は敵意もないから戦わないから！」

「ごめんなさい、ごめんなさい、ごめんなさいぃぃぃ‼」

「ギィイ、ギィイイイイ‼」

シーダ君を傷つけた魔力食いはその報復にあい、すっかりトラウマになっていたらしいです。

後に闇《やみ》様から「公爵令嬢とは、怒らせたら怖い娘のことなのだろう？」と言われました。違うから！　別に公爵令嬢は戦闘民族じゃないから！　しかし……。
私↓元公爵令嬢
ミルフィ↓公爵令嬢
シュシュさん↓元公爵令嬢
身近な公爵令嬢は、戦える令嬢または元令嬢でした。いやいや、多分他の公爵令嬢は戦えないはずです、多分！　我々が変わっ……ちょっぴりお転婆なだけですよ‼　きっと‼
ま、まぁとりあえず、地下三十階クリアです！

◇◇◇

今日は採取でのんびりと攻略をしていたので、また階段に隠れ家を設置することにした。

ジェンドが何やら考えている様子だったので声をかける。

「ジェンド、どうかしたの？」

「ん……超直感は乱発すると頭痛がするみたいなんだけど、お父さんはなんで平気なのかなって考えていた。本人もなんでかはわかんないみたいで……」

「多分でよければ答えられるけど？」

「教えて！」

「ジェラルディンさんは一瞬だけ使っているみたいよ。常時発動は難しいから、広範囲に一瞬だけ。ただ、戦闘中は常時発動している時もあるみたい」

「……なんでわかるの？」

「魔力の流れで。予測の域だから正しいかはわかんない。それから超直感も方向性を持たせるといいんじゃない？　なんとなくじゃなくて『何を』探したいとか、具体的にイメージして使うの」

「……試してみる」

ジェンドはニッコリと微笑《ほほえ》んだ。さて移動しようかというところで、異変が起きた。

「ギィイ‼」

「おい⁉　うあああああ‼」

魔力食いときーちゃんが苦しみだした。魔力食いが暴れだす。

「ロザリンド！」

ディルクが私を抱き締めて退避した。木こ凛花はジャッシュに担がれていて大変シュールな絵面となっている。無事で何より。マリー、ジェラルディンさん、ジェンドは自力で退避したらしい。

「ぐ、ああ……ロザリンド……ダンジョン、マスター、が……」

「アリサ！」

「任せて！」

アリサがきーちゃんの呪縛を解いた。どうやらダンジョンマスターからの干渉らしい。

「助かった……あ、アイツは……」

魔力食いは大暴れしていて、簡単には近づけそうにない。しかも精霊の天敵だからアリサのみを行かせるわけにはいかない。仕方なく氷漬けにしようとしたら、ジェンドが前に出た。

「……僕が行く」

ジェンドは何故か魔力食いでなく、ジェラルディンに向かって駆け出した。

「お父さん‼」

ジェラルディンさんは腰を落とし、全身のバネをきかせてジェンドを魔力食いに向かって投げ飛ばした。超直感同士によるアイコンタクトだったらしいが、あらかじめ打合せしたかのように滑らかな動きだった。

「ジェンド‼」

「よっ！　はっ！」

ジェンドはひょいひょいと枝を登る。動きを読んでいるかのようだ。

「よいしょ」

ジェンドが幹から何かを取り出すと、魔力食いが崩れ落ちた。え？　ナニソレ、怖い。

「お父さん‼」

「うむ‼」

落ちたジェンドをジェラルディンさんが回収した。ジェンドが私に拳《こぶし》大の緑色をした実（？）のようなものを渡した。

「ロザリンド、アリサに治してもらって」

「あ、うん？　アリサー」

「はーい」

アリサが呪縛を解いた。これ、もしかして……地面においたら、双葉の魔物がにょきにょき伸びてあっという間にもと通りの魔力食いになった。

「…………なんでコアがわかったんだ？」

きーちゃんは顔面蒼白《そうはく》である。つまりジェンドはいきなり魔力食いのコアを引っこ抜き、無力化したわけだ。

「え？　なんとなく」

超直感、怖い‼　一撃必殺⁉

「……お父さん、ちょっと訓練したい。付き合って」

「うむ！　わかった‼」

言うなりオッサンは走り出した……いや、飛び回る。木のしなりを利用して、縦横無尽に移動する。目で追うのがやっとだ。

「わはははははははは！」

「……えい！」

飛び回るジェラルディンさんを、ジェンドはあっさり捕まえた。

「む？」

「お父さん、また逃げて」

「うむ！　わはははははは‼」

ジェンドはその後数回、ジェラルディンさんを捕獲した。オッサンがしんなりしている。瞬発力もスタミナも勝るオッサンを簡単に捕まえるなんてすげー。

「ロザリンドのおかげで……コツ、つかんだかも」

ジェンドはニッコリと笑った。英雄の息子は、覚醒《かくせい》してしまったようです。

「私はなにもしていませんよ。ジェンドの努力が開花した結果です」

なんでもかんでも私のせいにしないでいただきたい。ジェンドは超直感のコツをつかんだのか、これからさらなる急成長を遂げるのですが……あくまでも本人の努力によるものであり、私のアドバイスはきっかけにすぎないと思われます。

◇◇◇

虹色《にじいろ》に輝くキノコの炊き込みご飯やら、やたらキラキラしたアップルパイなんかもあって豪華な夕飯をいただきつつ、私は言った。

「飽きた」

あ、凛花が『ナニ言ってんの？　この人』って顔している。いや、延々とこのまま毎日十階層踏破するの面倒じゃないか。

「……じゃあ、どうする？」

マイダーリン、ディルクは私に策があるのだろうと思ったようだ。流石《さすが》は私の夫である。

「乗っ取る」

あ、凛花が『ナニ言ってんの？　この人』って顔している。

「は？」

流石のディルクもこれは予想外だったらしく、固まった。

「乗っ取るって……どーするんスか？」

「凛花が協力すれば、多分出来るよ」

悪役令嬢らしい、悪い笑みを私は浮かべた。

私は適当に発言をしたわけではない。飽きたのも本当だがダンジョンを攻略しながら、このダンジョンについて考えていた。このダンジョンは、私と同じ天啓を持つ救世の聖女である渡瀬言葉《わたせことは》が造ったと思われる。こと姉ちゃんは昔懐しＲＰ◯ツクールが好きだったし、多分間違いない。

ならば、ダンジョンを乗っ取ることが出来るんじゃないかと考えた。

「馬鹿じゃなかろうかッス」

私の考えを説明したら、凛花が信じられない馬鹿を見る目で暴言をかましてきやがった。いい度胸である。

「むしろ賢いと思うけど」

発想の転換というやつだ。むしろ真面目《まじめ》に三百階層踏破するのが筋肉馬鹿じゃないだろうか。

「あだだだだだ!?　馬鹿ッスよね？　天才と紙一重な馬鹿なんじゃないッスかね??　どこの世界

に、ダンジョンマスターからダンジョンを強奪するって発想をかます奴《やつ》がいるんッスか。いや、ここに居たッス。発想がとんでもないッス」

凛花は私のアイアンクローからなんとか逃げ出しディスってきた。そんなに荒唐無稽《こうとうむけい》な話でもない。根拠もあるし成功させる自信もある。

「まあ、計画をきちんと聞いてから反論しなさいよ」

笑顔で凛花に関節技をきめつつ皆に計画を説明した。結局のところ、試す価値があると全員が計画に賛成したのだった。

翌朝、私の身代わりをロージィ君にお願いした。ディルクによるとロージィ君の気配はヴァルキリーより私に近いらしい。そもそもヴァルキリーの原型は賢者で、精霊達から力を分けてもらっているので気配がよくわからないのだとか。私の武器ながら謎が多いヴァルキリーである。私に気配が近いことでロージィ君に無駄な嫉妬《しっと》をしていたようだが、今回私のサポートを頼みたいと言ったらご機嫌になった。チョロいと思ったのは内緒である。

そんなわけで、ロージィ君を私に変装させてあたかも凛花達といるよう見せかける。私は凛花達の後から隠蔽《いんぺい》の魔具で身を隠しつつ移動。凛花達にはダンジョンマスターの関心が行くよう派手に暴れてくれとお願いしてある。激しい爆発音でフロアが揺れた。むしろ普段通りでいいよって言っておくべきだったかもしれない。若干後悔しつつ地図を確認する。

あらかじめ凛花が約二百七十階全《すべ》ての位置を考えて、全フロアで罠《わな》がないポイントを選んだ。全フロアの地図を書いてもらい、入り口から近いポイントをいくつかチョイスしてもらった。私は隠れながらそのうちの一つに移動し、そのポイントの一部分……ただし、その部分の全階層を乗っ取ることにしたのだ。砂漠エリアから干渉可能なのはすでに実証済み。さらに昨日《きのう》のうちに採取しながら次の階への穴をあけられるか試して成功していた。バレないように小さな穴をあける程度でやめておいたが、少なくとも百階層まではいけた。このまま真面目に踏破するより間違いなく時短できるだろう。

隠蔽の魔具を起動しつつ、杖《つえ》にしたヴァルキリーで少しずつ少しずつダンジョンを侵食する。ほんの少しでいい。しかし、確実に。最奥まで侵食していく。気づかれないように静かに、早く、深く、深く。

「全階層の乗っ取り完了。全フロアの形態変化開始」

さて、ここからが勝負だ。乗っ取った全階層のフロアを一気に滑り台に造り変えた。穴をあけるだけでは墜落死を免れないし、エレベーターみたいな精巧なモノを造るのは時間がないから無理。考えた結果が、最深部まで一気に行ける螺旋《らせん》状の滑り台。深すぎてまったく底が見えない。

通信用の魔具を起動し、私は叫んだ。

「作戦成功‼　全員集合‼」

あらかじめ説明してあったのもあり、皆すぐに集合してくれた。

「うわあ、マジ成功したんスね」

ドン引きした様子の凛花。いいじゃないか、ショートカット。お前の異常な記憶力の結果でもあるんだぞ。凛花に絡んでいる暇はない。ダンジョンマスターが支配権を取り戻すのはそうかからないだろう。

「時間との勝負だ！　一気に行くよ‼」

私を先頭に、全員が迷わず滑り台を滑った。

「ぎゃあああああああ‼」

凛花がうるさいが、文句を言う余裕が一切なかった。いやこれ速すぎて超怖い。ジェットコースターなんか目じゃないわ！　滑り台はひたすら螺旋を描き、だいぶ下まで来たと思うがまだ底が見えない。水中……というか海中ステージを通り過ぎたのか、尻《しり》が濡《ぬ》れた。

「つめたっ！　尻が濡れたッス！」

「我慢しろ！　海中ステージだから壁が濡れてたんだよ‼　私の尻も濡れたわ！」

流石に滑り台を乾燥させる余裕はなかった。反論しつつ、尻を乾かした。下着まで濡れて気持ち悪かったが、魔法って便利。

「なんか壁に埋まってたッス！　ホラーッス‼」

「どけてる暇がなかったから、仕方ない！」

通りすがりの魔物を遠隔で倒すのは難しかったので、壁に生き埋めにしたのだ。可哀想《かわいそう》だが尊い犠牲ってことで。まあその……確かに結構不気味だったがダンジョンマスターがなんとかするに違いない。

「あっつ‼　尻が焼けるッス‼」

「凍れ‼」

流石に溶岩ステージはまずい。火傷《やけど》どころか尻が溶ける‼　幸い近づいた時点で熱かったので、早い段階で滑り台を冷却して難を逃れた。

「あ、尻乾いたッス」

「……よかったね」

凛花は結構大物だと思う。尻はもういいわ。

「……酔ったッス」

螺旋状の滑り台なので、そうなる危険性は感じていた。

「状態異常無効のイヤリングは⁉」

「あ、着けてなかったッス」

「馬鹿なの⁉　万全の装備で挑みなさいよ。あ、今着けるなよ、絶対落とすから」

「ギャー⁉」

時すでに遅し。早速落としたようだ。幸い落としたイヤリングは凛花の後ろにいたディルクがキャッチしてくれました。

「状態回復魔法使えば済む話でしょ、馬鹿」

「その手があったッス」

凛花はたまに抜けている子です。なんでこんな風に育ったというか腐ったというか……頭が痛くなりそうなので私は考えるのをやめた。

そんな感じでギャーギャー言いながらも滑り続ける。流石に地下三百階までは長い。そして、ついに底が見えた。

「もふ丸‼」

咄嗟《とっさ》に召喚したケサランパサランのもふ丸が巨大化してもふもふクッションになってくれた。慌てててどくと、皆もふ丸クッションに落ちてきた。全員無傷。尻は濡れたけど問題ない。

「今何階ッスか？」

「あの扉に見覚えは？」

私は大きな扉を指さした。明らかに今までとは違う、ラスボス部屋前って感じの扉だ。マップ位置からしても、ここが最後の部屋と思われる。

「地下三百階ッスね！　ありがたみがないッス‼」

「うわ……本当に成功したんだね。流石はロザリンドだ」

呆《あき》れた様子の凛花と、感心した様子のディルク。

「えへへ、もっと誉めて！」

「流石は主！　非常識だな！」

「お嬢様ですからねぇ……」

「ロザリンドだもんね……」

「にゃふー、お姉ちゃんひじょーしき！」

「それは誉めてないから！　落としているから‼」

非常識は誉め言葉じゃない！　そして、私だもんねって何さ！

「上げて落とすは基本ッスよ」

「だから落とすなって！」

私のおかげで延々と戦闘せず最短で最終フロアに来れたのに、納得がいかない。解《げ》せぬ。もっと誉めてくれてもいいと思うの。

◇◇◇

ふと、凛花の様子が明らかにおかしいことに気が付いた。なんでさっきから冷や汗をだらだら流している。

「凛花」

「ひゃい⁉」

「とりあえず、話せ」

「にゃにゃにゃ、にゃにを⁉」

「多分なんか大変なことを思い出したんだろ、隠してもしょうがないでしょ？　さっさと吐け」

凛の経験上、間違いない。凛花も覚悟を決めたらしく、真面目《まじめ》な顔で息を大きく吸った。

「……ここの鍵《かぎ》を持って来るの、忘れましたぁぁぁ‼　すいませぇぇん‼」

そして、叫ぶと同時に土下座した。

「は？」

「え？」

「にゃ？」

「む？」

「へ？」

「ええええええええ⁉」

私、ディルク、マリー、ジェラルディンさん、ジェンド、ジャッシュが驚愕《きょうがく》した。確かめてみたら、確かに扉は施錠されているようで開かなかった。

地下三百階まで降りてきて、まさかの鍵がないだなんて！　どうしよう。

「無い物は仕方がない。穴、あけられないかな……」

壁に干渉したけど、ガードが固くて無理でした。さっきも不意をついたから出来たんだもんね。んー、しかもなんとなくだが……ダンジョンマスターがものすごくキレている気がする。壁から怒りを感じたのだ。うん……そりゃあ普通ならキレるよね。準備してあったであろう罠とか、オールスルーやらかしたもんね。激おこプンプン丸だよね。

「無理だった。しかもダンジョンマスターがキレている気がします」

「なんてこった！」

「……まあ、怒るよね」

絶望する凛花と、なんか納得しちゃったディルクさん。

「ならば、破壊するか」

ジェラルディンさんが壁を蹴《け》る。轟音《ごうおん》とともに壁が破壊され、一瞬で再生した。壊したやつに干渉できないかな？

「……もう一回！」

「うむ！　せりゃああ‼」

ジェラルディンさんが破壊した壁に私が干渉してみたが……。

「ダメだ。ダンジョンマスターが完全に防御してるわ。さらにキレている気がする」

壁に謎の呪《のろ》いっぽい紋様が浮かんできました。やたら禍々《まがまが》しいです。ダンジョンマスターは大変お怒りなご様子。激おこカンカンお代官様です。

「こうなったら、天岩戸《あまのいわと》作戦です‼」

「……誰《だれ》が脱ぐんスか？」

アメノウズメですね。いや、脱がんでいいわ。しかし、ボケにはボケで返さねばなるまい。

「凛花で」

「嫌ッス！　パーフェクトボディのロザリンドちゃんがすべきッスよ！」

「ロザリンドが脱ぐのは許可しません」

ディルクからNGが出ました。いや、脱がないよ。冗談だよ。流石《さすが》の私もこんなところで裸踊りなんかしないよ。

「いや、ダンジョンマスターを挑発しまくって開けさせようかなって」

天岩戸というか、ダンジョンマスター激おこプッツン大将軍計画です。開かぬなら、開けさせてみせようホトトギス。

「……多分うまくいくと思うけど、リンカの話をちゃんと聞いた方がいい気がする」

ふむ。確かにキレさせたら、いきなりモンスターハウスとか、ボスみっしりとかが起きるかもしんない。ジェンドの勘を信じて凛花に詳しい話を聞くことにした。案外取りに行ける範囲にあるかもしんないし。

「凛花、鍵はどこなの？　ダンジョン内なわけ？」

「……ウルファネア城、宝物庫ッスよ」

「おうふ」

ダンジョン内部じゃないんかい！　宝物庫かぁ……鍵、鍵ねぇ……なーんか引っかかるなぁ。

「イベントで、王様からの依頼を全部クリアするとご褒美をくれるんスよ。選択肢がお金か最強武器か、何もいらないか。正解の選択肢は何もいらないなんスよ。何もいらないを選択すると、ここの鍵とイベントキーアイテムの腕輪を幽霊から貰《もら》えるんス」

「幽霊？」

「腕輪と鍵？」

私とディルクが首をかしげる。はて、なんか……覚えがあるような？？　んー、思い出せない！

「お嬢様、先ほどから気になっていたのですが」

「何？」

「ポーチが光っています」

「は⁉」

確かに私のウエストポーチがギンギラギンにシャイニング！　マジか！　光り輝くウエストポーチさんが、ペッと鍵を吐き出した。

「……なんの鍵だろ」

鍵には繊細な彫刻がされていた。なんか魔法がかかっているっぽい。

「あああああああああ⁉」

「うっさ！　何」

「それ！　鍵！　ここの、鍵‼」

「え？」

マジで？　試しに扉に鍵を差し込んだら、カチリと開いたので施錠しておいた。なんか扉をドンドンされたが、知らんぷりです。

「開くね」

「……あ、思い出した。それ、ウルファネアの宝物庫で幽霊から貰ったとか言っていた奴《やつ》じゃない？　腕輪はジューダス様にあげたよね？」

「あああああ‼　無表情の幽霊……いや、精霊‼」

幽霊《おばけ》なんて居ないんです！　多分精霊さんなんです！

知らないうちにイベントをクリアしていたみたいです。とりあえず進めるようなので、結果オーライですね！

◇◇◇

とりあえず、扉が開くのはわかりました。なんかドンドンされているけど、知らんぷりです。入れるとわかったんだから、作戦たてないと。

「ラストのボスってなんだったっけ？」

「神クラスモンスターのヤマタノ首領《ドン》ラゴンッスよ」

「大物だな」

ジェラルディンさんが楽しそうである。

「戦ったことは？」

「若い頃遭遇した時には逃げるしかなかったが……」

今なら勝てる、と言いたげですね。互いににんまりと笑った。

「全属性耐性、物理攻撃にも耐性があるのか、削るしかなかったッスよ。超強いはずッス」

「僕、戦いたい」

「相手に不足はないようですね」

「……久しぶりに本気を出せそうだね」

「にゃー！　ボッコボコ！」

獣人組はヤル気満々です。凛花はビビってるな。まぁ、神クラスモンスターといえど、このメンツには敵《かな》うまい。

「で、作戦なんだけど……」

轟音とともに扉が弾け飛び、ディルクが私を抱いて回避した。凛花はジェラルディンさんが避難させ……加減しなかったな？　凛花の顔色が悪い。高速移動って、酔うんだよね。マリー、ジャッシュ、ジェンドは自力で回避したみたいです。

土煙の向こうから現れたのは、ドラゴン……いや、多分ヤマタノ首領《ドン》ラゴンだと思う。ヤマタノ首領《ドン》ラゴンは、五つの首を持つドラゴンである。何故《なぜ》多分かというと、首一つが門から出て動けなくなっているからだ。

恐らく一回開けたくせになかなか入らない私達に業を煮やして扉をぶち破り、詰まったのだろう。せっかちなボスである。

首は必死でピチピチしているが、抜けないらしい。どうしよう。ヤマタノ首領《ドン》ラゴン、涙目だよ。

「イテテテ‼」

おや？　どうやらしゃべれるらしい。神クラスだからかな？　恐らくむこう側の本体も慌てているのだろう。

「斬るか？」

ジェラルディンさんの冷静なひとことに、ヤマタノ首領《ドン》ラゴン……長いから首領《ドン》ラゴンでいいや……がビクリと……いや、めっちゃガクブルしとるやないかい！

「お、お前は脳ミソ筋肉狼獣人‼　ＳＳＳランク魔物組合ブラックリストのナンバーツーじゃないか‼　嫌だぁぁ！　死ぬぅぅ‼　殺されるぅぅ‼　やっと神クラスになれたのに、こんな死に方あんまりだぁぁ‼」

確かに。なんかかわいそうになったような……いやいや、どうせなら戦意を根こそぎ奪わないと。

「えと……ＳＳＳランク魔物組合、ブラックリスト入りしているロザリンドでっす☆」

首領《ドン》ラゴンは口をあけて固まった。

「ナンバーワンじゃないかぁぁぁぁ‼　しかも『暴食のロザリンド』だなんて‼　食われる！　皮を剥《は》がれるぅぅ‼　いやあああああ‼　許して！　殺さないで‼　食べないでぇぇ‼」

誰だよ、暴食のロザリンドって。私が大食らいみたいじゃないか。たくさん食べるのは私じゃないっつーの！

いや待て！　ブラックリストナンバーワン、私なんだ⁉　何故に⁇　解せぬ。

いや、もう過ぎたことは仕方ない。やるべきことをしよう。

「つまり、貴方《あなた》は戦う意思がない。私達に降参する……ということでよろしいですか？」

「⁉　ああ、戦う意思はない！　助けてくれ……いや待て！　他の首と話し合う！」

首領《ドン》ラゴンはもめているらしい。まあ、他の首は無事だしねぇ。

「私は基本意思疎通がとれる魔物は食べませんけど……私の大切なものを傷つけるやつには容赦し

ませんから、そのつもりで。あと、できたら貴方とは戦いたくないですねぇ」

動けない首は、赤い鱗《うろこ》のドラゴンだ。またとない先制チャンスなのは解っているのだが、コウを思い出すので出来るなら斬りたくない。

「……お前、ワシが怖くないのか？」

「ドラゴンの友達がいますから、怖くないですよ」

それ以前に、命乞《いのちご》いして泣き叫ぶドラゴンは怖くないだろうというツッコミはしないでおいてあげてください。

「……そうか。なんのドラゴンだ？」

「精霊とドラゴンの血を引くコウと、クリスタルドラゴンのルランが友人です」

「……結論が出た。我らは戦わぬ」

「わかりました」

「ぐう⁉」

ダンジョンマスターが用済みとばかりに扉を直し始めたらしい。首領《ドン》ラゴンが苦しみだした。首を絞められているらしい。

「ディルク！　凛花！　ジェラルディン！　ヴァルキリー！」

「任せて！」

「変身《メタモルフォーゼ》！　大工さん！」

「うむ！」

「ロッザリンドォォ‼」

ヴァルキリーが首領《ドン》ラゴンの首を保護し、ディルク、大工の凛花さん、ジェラルディンさんが壁を破壊する。

「いやあああ‼」

ディルクが壁を切り刻む。

「一撃必殺‼　大工さんとは、創造と破壊の使者‼　壁なんて一撃ッスよ‼　チェストー‼」

凛花がハンマーで壁を割る。大工さんについて誤解がある気がしなくもないが、微妙に間違ってはいない。

「うおおおお‼」

壁を蹴り、ぶち割るジェラルディンさん。

一瞬だが、壁全体が崩壊し、首領《ドン》ラゴンの首は無事に抜けたのでした。

◇◇◇

ぶっ壊された壁が直る瞬間、多分ダンジョンマスターらしき影に首領《ドン》ラゴンが襲いかかるのが見えた。

ぜひ見なかったことにしたい。しかし、隣室に行かないわけにはいかない。

「……とりあえず、行きますか」

私、ディルクが先頭。それからジャッシュ、ジェンド、マリー、凛花、ジェラルディンさんの順に入った。

「おお、ロザリンドよ。待っていたぞ」

ヤマタノ首領《ドン》ラゴンは尻尾《しっぽ》をフリフリしている。赤い首はフレンドリーだが、他の首はやや疑わしげだ。赤い首の首領《ドン》ラゴンはコウに似ていて、ついへらりと笑ってしまった。

「お待たせしちゃった？」

「うむ。先ほどは助かったぞ。ちぎれるかと思った……」

赤い首領《ドン》ラゴンが涙目だ。他の首も涙目だ。恐怖が伝わったのかもしれない。首に傷があったので治してやったら、また尻尾をフリフリしている。なんかでっかいけど可愛《かわい》いかもしんない。瞳《ひとみ》は優しい気がするし。

「……ロザリンドとやら」

「はい」

緑の首が話しかけてきた。敵意は無さそうだ。

「お前、ドラゴンが怖くないのか」

「はい。正直に言ってもいいですか？」

「……うむ」

私は可愛いコウについて熱く語った。私にとってドラゴン＝コウである。

うちの子は皆可愛い。でかくなろうと今でも可愛いのだ。最近のコウは気高きドラゴンたる自覚が出てきたのかツンデレだが、またそれも可愛い。可愛いは正義であり、宝である。

つまり、私にとってドラゴンは可愛いのである。くりくりした瞳に、スベスベつやつやな鱗も素敵だと思う。

私はいかにうちのコウが可愛いかを、おりこうさんかをそれはもう語りまくった。親バカというか、姉バカである。仲間達が、生暖かい瞳で見ているが気にならない。

「……そなたの気持ちはよくわかった。これをやろう」

髭《ひげ》の生えた首は優しく微笑《ほほえ》むと、何かを私の手に落とした。

「ありがとうございます……ん？」

受け取った石に、なんか見覚えがあった。ドラゴンの形をした、輝く虹色《にじいろ》の石。そっとポーチからサボテンの心を取り出す。超似ている。嫌な予感しかしない。

「おお、サボテンの心も持っていたのか。ならば詳しい説明は要らぬな。それはドラゴンの心というアイテムだ。大概のドラゴンはそれがあればそなたに従うであろう。サボテンの心と効果はさして変わらぬ。サボテンの代わりにドラゴンが召喚されたりするだけだ」

「いいいいや、いらない！　大丈夫！　こんな国を滅ぼせそうな激レアアイテムはいらないぃぃ！」

「遠慮をするな。ドラゴンの子をあれほど慈しみ、愛しているそなたにこそ相応《ふさわ》しい。そなたは悪用せぬだろう」

「買いかぶりすぎですからぁぁ‼　悪用しないけど、こんな物騒なアイテムはいらない‼」

ヤマタノ首領《ドン》ラゴンに全力でいらないと訴えるが、また謙虚だとかよくわからない誤解をされて返品させてもらえませんでした。

「魔物の頂点にあると言われるドラゴンをも従えるとは、流石我《さすが》が主だな！」

「違うから！　友好関係になっただけだから！　ドラゴンは気高いから、従えるとか無理！」

「菓子折り持ってクリスタルドラゴンの里に遊びに行ってる時から……いや、サボテンの心を貰《もら》った時から、いつかこんな日が来るんじゃないかと思っていたよ」

「旦那《だんな》様！　諦《あきら》めたらそこで試合終了だよ‼　というか、そんな昔から予測していたの⁉」

ディルクさんはすっかり遠い目です。

「……二度あることは三度あるって言うし」

「そんなに何回もあってたまるかぁぁぁ‼」

そんな風に叫んでいたら、気がついた。気がついてしまった。ヤマタノ首領《ドン》ラゴンの下から、手が出ている。

「ひいぃっ⁉」

とんだホラーである。そういや、一瞬だがダンジョンマスターらしき人影が襲われていたような……嫌な予感しかしない。

「あの、ダンジョンマスターは？」

「うむ、潰《つぶ》した」

仲間達は固まったが、私は予想がついていたのでツッコミをいれた。

「やっぱりその体の下にある手かぁぁ‼　ダンジョン崩壊したりしないわけ⁉」

「うむ。大丈夫だった。これは分身で、本体は別であるらしい」

手はピクリと動き、首領《ドン》ラゴンが消え失《う》せる。全員が武器を構え、緊張した表情でダンジョンマスターを見据えた。

ダンジョンマスターと思われるモノはゆらゆらした影になっていた。さっきは人の手が下敷きになっているように見えたのだが、見間違いだったのだろうか。ダンジョンマスターが影の手をあげると、ナニかが召喚された。

なんか、すごく見覚えがあるドラゴンだった。赤い鱗に、立派な角。もう一体は美しいクリスタルの輝きを持つ鱗に覆われ、理知的な瞳はどこか優しい。すごく見覚えがあるというか、間違いない。知り合いだ。

「マリアさんとルラン⁉」

私の精霊であるコウのママドラゴンと、クリスタルドラゴンの友人、ルランでした。

「あら、ロザリンドちゃんじゃない。元気かしら？」

「げ、元気ですよー。コウも元気です」

「久しぶりだな、ロザリンド。ジャッシュ、また焼き菓子をくれ」

「あ、はい」

ジャッシュは自分の鞄《かばん》から焼き菓子を取り出すとルランに渡した。

「……まだ焼き菓子をあげているの？」

「私はたくさん酷《ひど》いことをしましたし……最初こそ罪滅ぼしのつもりでしたがクリスタルドラゴン

さん達、毎回すごく喜んでくださるので続いていますね」

いやまあ、ジャッシュがいいならいいけどね。クリスタルドラゴン達とはすっかり仲良くなったらしい。

「ぐうっ⁉」

「うあっ‼」

マリアさんとルランが苦しみだした。ダンジョンマスターが洗脳しようとしているらしい。

「ふんっ！」

しかし、マリアさんは自力で洗脳を解いた。

「あの魔とかいうのに比べたら、楽なものだわ！　そう何回も体を乗っ取られてたまるもんですか！」

それは確かにそうだよね。そして、マリアさんはダンジョンマスターに襲いかかった。それにより気がそれたのか、ルランも自力で洗脳を解いた。

マリアさんはダンジョンマスターを噛《か》む直前で消えた。ルランも襲いかかろうとした瞬間に消えてしまう。

「なんなんだよ、お前ら‼　なんでこんなに魔物に知り合いがいるんだよ！　これじゃ試練にならないじゃないか‼」

ダンジョンマスターに怒られたが、正直そんなこと言われてもとしか言いようがない。たまたま呼ばれた魔物が知り合いだったんだもん。私は悪くないと思う。

ダンジョンマスターがまた手をあげると、空間が歪《ゆが》んで竜のような巨大なお魚がぴちぴちした。

バハムート。それは、巨大なお魚さんの魔物である。飛べるがいきなり召喚されたためか、ぴちぴち……いや、ビッチビチしている。でかいから危ない。尻尾の一撃で即死しかねないのでとりあえず距離をとった。

バハムートの知り合いもいるんですよね。見覚えあるバハムートなんですが。いや、そんなにバハムートの知り合いはいないけどね。

「ふいー、いきなり陸に呼ばれたからビックリしたよ。おや、ロザリンドさん、こんにちは」

「……こんにちは」

やはり知り合いのバハムート。私の精霊であるクーリンのパパさんでした。ダンジョンマスターよ、何故《なぜ》こうも知り合いばかりを喚《よ》ぶんだい？

「うあ⁉」

洗脳しようとしているらしいが、クーリンパパは魔に侵されたクーリンママ《水の精霊王》の側《そば》にいても魔を寄せ付けなかった猛者《もさ》である。

「なんの‼」

案の定、洗脳を自力で解いてしまった。ダンジョンマスターの洗脳は、魔より下位のようなので当然といえば当然である。バハムートには効きにくいのか、クーリンパパが特別なのかはよくわからない。

「悪いが、私は他人に簡単に使役されるような雑魚《ざこ》ではないんでね」

確かに、雑魚ではなく（釣り的な意味でも）大物ですよね。もし釣れてしまったら、船が転覆しそうです。クーリンパパがどや顔して、消えました。

「本当になんなんだよ！　上位の魔物に知り合いが多すぎるだろ‼」

「えっいや……はい……なんかすいません」

キレるダンジョンマスターについ反射で謝罪する私。あれ？　ダンジョンマスターに影というか……黒っぽいモノがまとわりついてる？

「チタ！」

「おうよ！」

あっさり浄化できました。どうやら憑《と》りついていたわけではなく、怒りに引き寄せられてまとわりついてただけみたいですね。

そして、魔が取れたダンジョンマスターは予想外の姿をしていた。

「こうなれば、俺自身がお前達を試してやろう！」

「ディルク、手出し無用です。私が行きます」

「……まあ、適任かな？　油断したらだめだよ」

「はい！」

ディルクから許可をいただきました。他メンバーも頷《うなず》く。やや呆《あき》れた目線がある気もするが、気にしない。私の意識は完全にダンジョンマスターに向いていた。

ダンジョンマスターが駆け出した。飛んで火に入る夏の虫。私はダンジョンマスターを捕まえて、我がゴールデンフィンガーを全力全開で発動してやった。百%中の百%ぉぉ‼ である。心、技、体の全《すべ》てを尽くし、私はモフった。そう、モフって、モフってモフモフしまくってやった。

「き、きゃいいいいいん‼」

ダンジョンマスターが悲鳴をあげる。ディルクが可哀想《かわいそう》なものを見る目をしている。凛花が成仏しろよと言っていた。モフりでは死なんわ。

そう、ダンジョンマスターは……力強く地面を踏みしめる足に、ピンとした尻尾。凛々《りり》しい瞳。昔のジェンドそっくりの銀色毛皮をしたモフモフ子犬……ではなく子狼の姿をしていたのだ！

「ふふ……ふふふふふ」

これは私の獲物《モフモフ》である。最愛のモフモフは当然ディルクだが、目の前のモフモフは愛《め》でねばなるまい。敵だから、手加減も無用である。イエーイ‼ モッフモフウウウウウウ‼


結果、ダンジョンマスターはモフ落ちした。

「あふーん……」

ヨダレを垂らしてピクピクしている。うむ。やり過ぎたね。モフ落ちしていて人語を話せないようだ！

「……どーすんスか、これ」

「………どーしよっか」

凛花からシャイニングウィザードをくらったのは、言うまでもない。しかし、後悔はしていない。

ディルクほどではないが、よきモフモフでした！　我がモフモフ人生に一片の悔いなし‼　そこにモフモフがあればモフるのです！

◇◇◇

ダンジョンマスターはがっつりモフ落ちしてしまったらしく、いまだに人語を話さずだらしなく腹を晒《さら》してピクピクしている。間違いなくやり過ぎたようだ。

「ロザリンド……」

「てへ」

くっ可愛《かわい》い……いや、ちゃんと叱《しか》らなきゃとかディルクさんが葛藤《かっとう》してます。私に甘いディルクさん、愛してます。後でディルクもがっつりモフってあげるからねと言ったら真《ま》っ赤《か》になった。可愛いのは間違いなくディルク様です。

後で聞いたのですが、ダンジョンでは警戒していたのでモフられたらまずいと我慢していたし、モフ欲暴発も危惧《きぐ》していたので仕方なく許可したらしいです。やっぱり嫉妬《しっと》するから自分以外はあんまりモフらないでねと、コッソリ言われてキュンキュンしました。

ディルクは本当に素晴らしすぎる伴侶《はんりょ》です。惚《ほ》れ直してまうやろ～です。

「恐ろしい威力だな。銀狼《ぎんろう》族をここまで骨抜きにするとは」

「……ロザリンドのテクニックはスゴいもんね……」

ジェラルディンさんがドン引きして、ディルクはうっとりしたご様子です。いや、その……ごめんなさい。たまに加減を忘れて本当にごめんなさい。

「確かに……僕はちょっとしかされたことないけど、ものすごく気持ち良かったもんなあ」

ん？　待って！

「ジェラルディンさん、今なんと？」

「む？　恐ろしい威力だな」

「いや、その後！」

「骨抜きに……」

「その前‼」

「⁇　あれは銀狼族だろう。匂《にお》いがする。異常に薄いが、間違いない」

「くっ……殺せ……」

どうやらダンジョンマスターの意識が戻ったようです。

「リアルくっころいただきましたッス」

「黙れ馬鹿」

「いたっ！」

もはや脊髄《せきずい》反射でツッコミをかましてしまった。ダンジョンマスターはモフ攻撃によって、まだ腰が抜けてガクブルしている。生まれたての子犬のようである。なんか可哀想になってきた。

これ、どうしよう。

「……屈辱だ……主以外に、愛する妻以外に腹を見せてしまうなど……」

「あ、うん。ごめんなさい」

「態度が軽すぎる！　こんな女に体を弄《もてあそ》ばれたなんて……」

「なんか、表現がひわ……」

「シャラップ‼」

とりあえず余計な事しか言わない凛花をどついて（物理的に）黙らせたが、どうしよう。流石《さすが》の私もこんな足腰たたない子犬を虐待したくはない。

「あれ？」

鍵《かぎ》が輝いて、ゆう……精霊さんが現れた。ウエストポーチをペシペシする。

「ロザリンドちゃん、その幽霊さんはお面を出してって言っているッス」

「幽霊さんではない。精霊さんです」

「…………え？」

「幽霊さんではない。精霊さんです」

「え？　あー……精霊さんはお面を出してって言っているッス」

凛花があからさまにこいつ面倒くさいという顔をしたが、気にしないんだから‼

しかしウエストポーチにあるお面？　そんなの一個しかないよ。ウエストポーチから能面の小面《こおもて》さんを取り出した。これはこと姉ちゃんが遺《のこ》した遺産で、クリスティア城にあったもの。こと姉ちゃんはある時期から急に能面をつけだしたのだが、多分それが勇者になった後だったのだろう。

こと姉ちゃんは能面をつけてからの方が表情豊かだった。素顔の方が無表情で感情がわかりにくかったというか、押し殺していたように思う。能面を常につけるようになってから、どこか遠くを見ることが多かったのを覚えている。

無表情な精霊さんが小面《こおもて》さんをつけると、輪郭がくっきりしたように見えた。

そして、小面《こおもて》さんからビームが出た。目からビームが出た。小面《こおもて》さんビームは、ダンジョンマスターに直撃した。

はい？

ええと、ゆう……精霊さんに能面の小面《こおもて》さんを渡しました。うん、ここまではいい。

精霊さんが小面《こおもて》さんを装着したら、なんかぼやけて透けていたのがハッキリクッキリ見えるようになりました。うん、ここも問題ない。

小面《こおもて》さんからビームが出て、ダンジョンマスターがぶっ飛びました。

「なんでじゃああ⁉　なんでビームが出た⁉　小面《こおもて》さんになんか魔法がかかっているとは思ってたけど、危険物だったわけ⁉　いや、なんでダンジョンマスターを攻撃したの⁉」

硬直が真っ先に解けた私が全力でツッコミをかましました。

「いや、なんか腰が抜けていたみたいだし……ショック療法？　あと、他の女にモフられてメロメロだったのが気に入らなかった」

ゆう……精霊さんたら厳しいな！　つうか、スゲー見覚えある精霊さんなんですが？

「ご主人様！」

　ダンジョンマスターは満面の笑みで精霊さんに駆け寄った。

「おすわり」

「わん！」

　いいのか、それで。犬か？　犬なのか⁇　狼の誇りはどこ行った⁇

「……私は言葉《ことは》様じゃない。そんなことも解らないなんて、先が思いやられるわ。待ち人様……いえ、凛様。私はずっと貴女《あなた》を待っていたのだと思います」

　顔は小面《こおもて》さんで見えていない。けれど確かに、彼女は私が知る渡瀬《わたせ》言葉にそっくりで……優しく微笑《ほほえ》んでいるように見えた。

◇◇◇

　幽霊っぽい精霊さんは、本当に精霊さんだったらしいです。

「私の名前は鍵子《かぎこ》と申します」

　鍵子さんの自己紹介により、こと姉ちゃんのネーミングセンスの無さが瞬時に浮き彫りになりました。こと姉ちゃんは飼い猫に猫と名付ける強者《つわもの》です。

　鍵の鍵子さんは、このダンジョンの鍵にして番人。なんでもこのダンジョンのダンジョンコアは悪用すれば世界が滅ぶレベルの魔力を持っているそうで、無欲な人間のみが挑戦資格を得るらしい。

　うむ、そんな物騒な品はいりません。

「凛様は、本当に無欲で美しい心と物理的な強さを兼ね備えた完璧《かんぺき》な挑戦者でした」

すいません、完璧な挑戦者でしたが裏技を駆使しました。別に鍵子さんは私を責めてないが、内心謝罪した。そして無欲ではない。ディルクと仲間と美味《おい》しいものが大好きです。欲まみれです。暴食の二つ名まであります。わりと性欲もあると思われます。なんかすいません。

「私の使用者《ユーザー》様は無事見つかりました。しかし腕輪の活性化をした結果、魔力がなくなってしまいポーチ様に助けていただきました」

私のウエストポーチさんは、知らぬ間に鍵子さんを助けていたようです。しゃべらないだけで君からよく意思を感じるよ、ポーチさんや……料理しているといつの間にか必要な食材や調味料を出してくれているよね。たまに刻んでくれてもいるよね……。

「小面《こおもて》様のおかげで魔力も強化されました」

そうか、よかったね。小面《こおもて》さんが笑っている気がするのは気のせいだよね？　気のせいだよね？　なんか表情が緩んでいる気がします。すげえ怖いので話をそらすことにした。

「……お役目を終えた鍵子さんはどうするの？　それから、なんでこと姉ちゃんにそっくりなの？」

「そうですね、許されるならば今後は私もここの管理者になりたいです。どう考えても手が足りていませんし」

「確かに」

お互いチラリと鍵子さんの足元でくつろぐダンジョンマスターを見た。

「それから私が言葉様に似ているのは、魔力による焼き付けのせいです。この鍵はダンジョン最後の扉を開けるためのもの。それゆえ高度な魔法とかなりの魔力が込められていました。その結果だと思われます。そこのダンジョンマスターも同じ存在です。このダンジョンは言葉様とその旦那様《だんなさま》が作りました。その後言葉様を再召喚するため、ここに旦那様がこもっていたのでダンジョンマスターはその影響を受けたのでしょう」

「なるほど」

「？」

首をかしげるダンジョンマスターは、よくわかってないらしい。

「ダンジョンマスターのお仕事は何？」

「侵入者に試練を与えることだ」

「それから、待ち人様の力になることでしょう？」

鍵子さんはクールに言いました。ダンジョンマスターは、そこを忘れていたのか固まった。

「まちびと、さま⁇」

ダンジョンマスターは、私を指さした。私は爽《さわ》やかに名乗ってやった。

「はじめまして。待ち人こと、渡瀬凛でっす！」

「うあああああ‼　最初に言えよおおお‼」

「はっはっは。すまんね。でも君も忘れていたみたいだから、おあいこってことで！」

ダンジョンマスターが叫ぶ中、ディルクが挙手しました。

「ロザリンド……一つ聞いていいかな？」

「はい」

「もしかして、以前のオトコハッツラ遺跡みたいにダンジョンマスターに待ち人だって名乗れば攻略の必要もなかったんじゃないの？」

「…………………」

私はダンジョンマスターを見た。

「………（こくり）」

ダンジョンマスターは頷《うなず》いた。やはりか。

「……らしいです」

さすがの私も申し訳ない気持ちでいっぱいでした。

「ごるあああああ‼　もおお！　何だったんスか⁉　まだちょっとしかやってなかったけど、今までの努力は全部無駄⁉　名乗ればよかったって……酷《ひど》いッス！　無駄ッス‼　ありえねぇッス‼　自分の強くなるための努力も、何もかもが無駄じゃないッスか‼」

「あー、ごめん。でもダンジョンマスターも忘れていたみたいだし、名乗っても無駄だった可能性もあるから、結果オーライ！　それに今後のためにも強くなっといて損はないから！」

「納得できねぇッス‼」

凛花さんはしばらくエキサイトしていました。うん、私も忘れていたんだ。お前も鍵忘れたし、許しておくれ。そう言ったら沈静化しました。

「それで、凛様はこのダンジョンに何を求めていらしたのですか？」

「封印された魔の本体をもらいに来たのよ」

「あー、あれね。はいよ」

ダンジョンマスターはやたらヒョロいジェンドそっくりの少年の姿に変わると、白いものを持ってきた。

それは、日本人の贈り人がほぼ毎日見て使用するブツだった。


その名は『洋式便器』という。


「こと姉ちゃぁぁぁん‼」

「言葉サンんん‼」

私と凛花が地面に倒れこむ。

「酷いッス！　無惨ッス！　エグいッス‼」

「酷すぎるよ、こと姉ちゃぁぁん‼」

魔を汚物扱いって……酷すぎるだろ‼　流石の私も心の底から魔に同情するわ‼　本人が気がつかないうちに別の何かに封印しといてあげよう！　そうしよう‼

「あの、ソレに関しましては言葉様も悩んでいましたが『蓋《ふた》が閉まる浄化するアイテムがソレ以外思いつかない』とのことでした」

「「…………」」

確かに、私も思いつかん。凛花も顔をひきつらせている。

「じょ、浄水器？」

「……洗濯機？」

思いつくままいくつか挙げてみたが、しっくりこない。とりあえず、何にせよ……魔が可哀想《かわいそう》なことになるのは間違いなかった。便器よりはマシだと思いたい。しかし、脱水は厳しい……いや、洗濯の時点でダメか。浄水器は……ろ過されるの？

魔……ラヴィだっけか？　すまない。私達の想像力が乏しいばっかりに……。

多分ウルファネア城で今日も仕事をしているであろうラヴィに謝罪しておいた。世の中には、知らないほうがいいことが、たくさんあります。

鍵子さんは先ほど話した通り、ダンジョンマスターとこのダンジョンを管理することにしたらしい。ダンジョンマスターだけだと不安なので私も賛成した。そんなわけでこのダンジョンは問題ないが、それよりこの便器……ではなく封印された魔の本体をどうしよう。

「あ、浄化はほぼ終わっているぜ。なんかわかんないけど、ここ最近急激に浄化が進んだみたいだ」

恐らくは本体と繋《つな》がっているからだろう。凛花と魔が交流した成果だ。

「……え？」

封印を解除して露《あらわ》になったその姿は……とても彼に似ていた。

その姿を見た瞬間に点が線になり、繋がっていく。私がやろうとしていたことの、足りない最後のひとかけらが埋まった。埋まってしまった。

感傷を振り切って、魔の……魔と呼ばれていたものの本体を再度封印した。もう浄化は不要みたいだから、とりあえず箱につめといた。こら凛花、花で飾るのはやめなさい。死んでるみたいだろ。とりあえず、便器よりは箱づめの方が遥《はる》かにマシだと思うの。

「凛花……覚悟はいいかな？」

「はいッス」

凛花も、皆も頷いた。これから何が起きるのか、私にも予測できない部分がある。

凛とロザリアが出会い、ロザリンドになった。ロザリアの死亡フラグを回避しようと決めた。

ディルクと出会い、ちゃんと恋をして結婚した。

たくさんの仲間ができた。失敗したりもした。でも、自分なりの最善を尽くしてきた。

ヒロインを召喚した。色々予想外だったけど…これが最後になるだろう。

真《ま》っ直《す》ぐに前をみて、ダンジョンを後にした。

第三章　封印と解放と後悔

「ラヴィ君」

ウルファネア城に戻り、凛花が魔……ラヴィに話しかけた。ラヴィは仕事をしていて、不思議そうに首をかしげる。

「ロザリンドちゃんが話があるそうッス」

「………わかった」

「我々にも聞かせてほしい」

一緒に仕事をしていたウルファネア王太子で現在魔の宿主でもあるジューダス様とウルファネア王子のジェスが決意をこめて私をみた。彼らは無関係ではない。私は頷いた。

今ウルファネア城の応接間にはダンジョン攻略メンバー全員と、ジューダス様、ジェス、ラヴィが座っている。私は単刀直入に話をきりだした。

「魔……ラヴィの本体を確保しました。かつて神であったモノよ、貴方《あなた》はどうしたいのですか？」

これればかりは、本人に聞かなければわからない。どんな未来を望むのか。凛花から聞いたラヴィは、破壊や滅亡は望まないと予測できる。だが、彼が何を選ぶかによって、こちらの動きは変わるのだ。

「僕は、幸せになったらいけない」

「あ、そういうのいらないから」

私に一刀両断されて、ラヴィの表情が明らかにひきつった。いや、だって聞きたいのはそんなどうしようもない建前じゃないんだもの。

「…………」

「私に気を使うな。お前は悪いものではないと、今は理解している」

ジューダス様が優しく微笑《ほほえ》んだ。

「出来れば、今後も仕事を手伝ってくれるとありがたいな」

わりとちゃっかりしているんだね、ジューダス様。

「現在一番の被害者もこう言っていますし、願いを言いなさい。できる範囲でなら叶《かな》うよう努力します」

叶えてやるとは言えないが、ある程度ならきっとどうにかできるだろう。

「……と……たい」

「ん？」

「凛花と、いたい」

「うん」

「凛花といたい。ジューダスの手伝いがしたい。神に戻りたくない。神の力なんかいらない。見守るよりも側《そば》にいたい。罪を償いたい……もう間違いたくない……！」

「……そっか」

凛花とジューダス様が泣きじゃくるラヴィの手を取った。この二人がいれば、なんとかなるかもしれない。

彼についての凛花から聞いた話はこうだ。シヴァが作ったゲームからヒントを得た凛花が推測した話。恐らく大筋は間違っていないだろう。

かつて、ラヴィは……ラヴィアスと呼ばれていたものは神だった。愛を司《つかさど》る神だった。

彼は、人を愛してしまった。距離が近すぎた。そして、悲劇は起きた。

ラヴィアスが愛した人間が、惨たらしく殺された。

当然ながら、ラヴィアスは怒りに支配され邪神となってしまった。邪神となり、世界中に悪影響を及ぼしたために……生《い》け贄《にえ》に封じられた。

それこそが、勇者言葉《ことのは》が倒したとされる魔王の始まりだった。

ラヴィアスは穢《けが》れとして、魔王ごと何度も滅ぼされては復活して、世界を危機に陥れた。

勇者こと救世の聖女・言葉はそのループを断ち切り、ラヴィアスのみを浄化しながら封印したわけだ。言葉は全《すべ》てを封じきれず、本体と魂を分断していた。本体は洋式便……封印具に封じてウルファネア城の地下ダンジョンに隠した。魂を銀狼《ぎんろう》族……自らの夫の血族へと封じ、金獅子《きんじし》族や魔豹《まひょう》族をその護《まも》りとした。そして現在に至るわけだ。

今救世の聖女が施した封印は解かれ、ついにラヴィアスは……ラヴィは解放された。

凛花からの話を思い出しつつ、眼前の光景を眺めながら脳内で兄に全力謝罪していた。

兄様、ごめんなさい。報告、連絡、相談は大事だよね。言い訳をさせていただくとね、決心が鈍りそうだったんだ。でもね、私もこんなことになるなんて、思わなかったの。

私は後悔しながら再び空を見上げた。

これは確実に説教案件である。間違いない。

◇◇◇

これまでのあらすじ。

ついにダンジョンから魔の本体をゲットしたロザリンド達。魔の望みを聞き、本体の封印を解いたら、邪神がバッチリ復活しちゃったよ。浄化も完璧《かんぺき》だったし、魔本人も争う気や人間を害する気はなかったのに、おかしいネ！

軽く状況を確認しつつ、どうしようかなと考えています。多少想定外なことがあってもどうにかするつもりでしたが、いきなり想定外過ぎる事態が起きてしまいました。なんでだ。

空は真っ暗になり、ウルファネアの平地にゴジラサイズの邪神様がいらっしゃいます。デスピサ○の最終形態みたくなっていて、ラヴィの面影は欠片《かけら》もありません。しかしじっとしているあたり、彼も内部で戦っているのではないでしょうか。ラヴィが時間を稼いでいる間に何らかの対策をせねばなりません。

「くるっぽー」

ポッポちゃんが脳ミソをフル回転させている私の頭に止まりました。

「ロザリンド様、シヴァ様から伝言です」

「何？」

嫌な予感しかしないが、聞かないわけにはいかない。

「ラヴィアス様は邪神となられてから、世界の穢れを吸い上げて災いに変える力を持ちました」

「先に言えぇぇぇ‼」

「ロザリンドちゃん！　悪いのはシヴァ様であってポッポちゃんじゃないッス！」

危うくポッポちゃんに八つ当たりするとこでした。しかしそういう重要なことはぜひ先に教えといてほしい。心の準備とか対策がいるじゃないか！

「今回に限りましては神同士のプロテクトが作用しておりまして、シヴァ様も話せなかったのです」

「筆談とか手紙とか、全く方法がないわけじゃないのでは？」

「くるっぽー」

できたんだな？　チャランポランな上司をフォローしようとしたポッポちゃんの気持ちだけは受け取っておこう。とりあえず、今それどころじゃないから放置するけど、後で折檻《せっかん》です。

「原因がわかったので、対処します！　強制通信‼」

今回はガチで世界の危機なので、なりふりかまいませんよ！　エルンスト達協力のもと、全世界に立体映像で通信をしました。

『皆様、今世界に邪神ラヴィアスが復活してしまいました。しかし、恐れることはありません。皆の心にある、何より光り輝くものを念じてください。皆様の恐怖や、負の感情が邪神に力を与えてしまうのです。心に光り輝くものを願ってください！』

『邪神も、もう人を傷つけることを望んでいないんス！　そもそも、人間が大好きな神様だったッス!!　大事な人を殺されて、間違えてしまったッスよ！　だから、皆！　力を貸してほしいッス!!』

凛花も必死で訴えた。涙も滲《にじ》んでいる。

『俺もか？　ふむ……確かに今、世界は危機に瀕《ひん》している。しかし、我らは何があろうと負けぬ！　神が相手であろうとも！　皆、以前に神を救ったな。もう一度……今度は邪神を救うために祈ってくれ!!』

やるときはやる漢《おとこ》、ジェラルディンさん。流石《さすが》です。

そして、奇跡が起きた。大サービスで起きてしまった。

光り輝くもの達が、大量に降臨……いや、光臨してしまったのである。

◇◇◇

ロザリンドの立体映像通信を見たクリスティアの人間達は、考えた。

「何より光り輝くもの……つまり、この世で最も輝いているもの……」

アルディンだな！
アルディン様だよね！
アルディンね。
アルディンだろ。
アルディンぐらいしか思いつかねーわ。
ロザリンドかな？
アルディン様かしら。
アルディン様だろうな。
アルディンしかいない。
アルディンね。
アルディン様だわ。
アルディン様一択ね。
アルディン様でファイナルアンサー。
あのちっこい方の王子様だな。
金髪の王子様かな。
約一名違う人間を考えたが、大半の国民はまばゆい王子様かなと考えた。

そして、祈った。

結果、奇跡が起きた。

「あはははははは！」

金の髪をなびかせ、爽《さわ》やかに微笑《ほほえ》む純白の羽を持った王子様（ただし大きさはゴジラサイズ）がクリスティア上空に出現した。

「あはははははははは！」

巨大なアルディン天使は闇《やみ》を切り裂き、クリスティアに光をもたらした。

「あ、アルディンが天使になった⁉」

「いや、本物はあそこでポカーンとしていますから違います」

冷静にツッコミをするラビーシャ。

「…………（放心中）」

「常々私は思っていたのだ。アルディンは天使なんじゃないかと」

「うん、天使みたいに天真爛漫《てんしんらんまん》ではありますよね。でもあれ、アルフィージ様の本物の弟じゃないからね？　いいから現実に帰っておいで」

変な方向にパニックを起こしているらしい兄を見ながら、硬直がとけたアルディンは自分の近衛《このえ》騎士に問いかけた。

「アデイル、ヒュー、皆から見た俺はあんなイメージなのか？」

巨大な光り輝くやたら爽やかなアルディン様。この場にロザリンドがいたなら、ハミガキ粉のCMに出演できそうだと言ったに違いない。

双子の近衛騎士は、申し訳なさそうに言った。

「「大体、あんな感じかな……」」

「……そうか。そもそも、何故《なぜ》巨大な俺が現れたのだろうか……」

アルディンは涙目になった。

「「ロザリンドのせい」」

「ロザリンドだろ」

「ロザリンド嬢だからなぁ」

「お嬢様のせいじゃないですか？」

「凄《すさ》まじい説得力だな」

皆様、満場一致でした。

「うふふふふふ」

そこに、手のひらサイズのミニロザリンドがやってきた。ミニロザリンドはアルディンによしよしした。アルディンは柔らかな光に包まれると（物理的に）輝き出した。

「そうか……俺が皆を照らし、邪神を倒せばいいんだな！　皆に光り輝くものとして思われているのだ！　王として輝き皆を導けばいい！」

「え⁉　なんでいきなり前向きに⁉　ミニ小娘、何をやらかしたのよ！」

捕まえようとするアデイルの手をかわす、ミニロザリンド。背中には妖精《ようせい》さんみたいな翅《はね》がついていた。

「そのロザリンドは、俺が考えた『光り輝くもの』だ。ウルファネアに行こう、本物のロザリンドが待っている」

『おう‼』


一方その頃《ころ》のローゼンベルク邸。

ルーは一心不乱に何かを書き記していた。そこに慌てて従者のゲータが駆け込んできた。

「ルー様、空が、空が大変なことに……って、この非常時に何を書いてんだよ！」

「とりあえず、ロザリンドに何を叱《しか》るか書いとかないと。で、外？」

説教リストの作成中だったらしい。ルーは窓を開けて、閉めた。

「何あれ」

「さっき、お嬢様が何より光り輝くものとか言っていたせいじゃねーかとは思うんだが……」

「ふむ、悪いものではなさそうだぞ。急激に浄化されているようだ」

ロザリンドの父、ルーファスはのんびりと告げた。

「旦那《だんな》様、ルー様、何とぞマーサをお嬢様の元へ行かせてくださいませ！」

「あらあら」

マーサをはじめ、アーク、使用人達も頷《うなず》いた。

「……皆で行くよ！　ロザリンドの所に‼」

騎士団は大忙しで出撃準備をしていた。

「しかし、嬢ちゃんはまた派手にやらかしたなぁ」

「「いいから、手を動かせ」」

副団長《フイズ》とドーベルさんにしばかれる団長さん。

ロザリンドに耐性があるクリスティア騎士団は、順調に準備を進めていた。今回はロザリンドのせいではないのだが、決めつけているらしい。


一方その頃、魔法院では。

「なんだあれ⁉」

「あ、院長がびっくりして色変わってる！　黄色い！」

現魔法院院長・カメレオン獣人なスタウトさんは驚きすぎて黄色になっている。

「すげーな、誰《だれ》の魔法だ？」

「どんどん浄化していっているな」

「でも、あれ確かキラキラ王子様だろ？　でかすぎねぇ？」

「誰か変な薬飲ませたのか？　勇気あるやつもいるもんだなぁ」

どこまでもマイペースな魔法院の研究者達である。

そんな中、世界と親友の危機に一人の漢が立ち上がった。

「世界の危機……緊急事態《スクランブル》だわ！」

それは、魔法の輝きに満ちた戦士。魔法院に咲く可憐《かれん》な花。

「ハピネス☆クラクラ☆ミラクルチャージ☆魔法少女蔵之助《くらのすけ》‼　緊急発進‼」

魔法少女に変身した魔法院のヒロインじいちゃんことクラリンは、戦友《とも》であり、魂の友人《ソウルフレンド》のために飛び立った。

「ロザリン、今助けに行くわ‼」


「あはははははは！」

「うふふふふ」

魔法少女クラリン、巨大アルディィン天使、ミニ妖精ロザリンドは、仲良くウルファネアに向かうのだった。

「わ、我々魔法院も行くぞ！」

正気に戻ったスタウトさんは魔法院を率いてウルファネアを目指そうとした。

「院長、試作の魔具持って行っていいすか？」

「ウルファネアの獣人さんに実験体してもらえるかなぁ」

「あ、そもそも何が要ります？」

「自分で考えろ、馬鹿どもが‼　すぐ支度のできるものだけで向かう！　獣人を実験に使おうとした馬鹿は留守番だ‼」

スタウトさんはキレて真っ赤《まか》になってしまいました。

「大変だね、院長殿。賢者の協力により、大規模転移陣を展開する！　転移系の研究者は手伝え！

騎士団と合流し次第、術式を展開する‼」

奥方様はくすりと微笑し、指示を出す。慌ただしく魔法院も動き出した。

◇◇◇

セインティア、大神殿。ロザリンドからの立体映像通信を見た神官達は、素直に祈りを捧《ささ》げた。

何より光り輝くものを素直に考えた。

結果、奇跡により混沌《カオス》に陥った。美しい姫勇者こと、純白の翼を持ったロザリンドが、その剣で闇を晴らしていく。それはさながら、天使のようであった。

これは、まだいい。

やはり、以前見た巨大なシヴァ像のインパクトは強かったらしく、やや小ぶりなシヴァヴァが出現し、キレのいい電車の動きで闇を切り裂いていく。

これも、まだいい。

「「サボーン‼」」

サボテンに羽を生やした生き物……そう、サボ☆天使は輝きながら闇を浄化していく。やはり相当なインパクトだったらしく、本物よりも大きめである。

しかし、それよりも巨大な存在がいた。サボ☆天使はグリズリーサイズだが、ソレはゴジラサイズであった。

白髪《しらが》のご老体でありながら、その動きは愛らしい。ふさふさな眉毛《まゆげ》でつぶらな瞳《ひとみ》は普段隠れている。そう、彼こそは……。

「クラリン、ビーム‼」

魔法少女……いや、魔法天使《マジックジイチャン》クラリンである‼

「いやあああ‼　すいません！　もう悪いことしてません！」

「申し訳ありません申し訳ありません申し訳ありません‼」

「ごめんなさいごめんなさいごめんなさいごめんなさいごめんなさいごめんなさい」

「飛ぶな、じじい！　ぱんつが見える！」

「パンチラを穢《けが》すなぁぁ‼」

「世界はもうだめだぁぁ‼」

「もうおしまいだぁぁ‼」

もはや、セインティアが奇跡のせいで大混乱である。特に以前悪さをしていた神官達の心的外傷《トラウマ》として、クラリンとサボ☆天使達は深く深く刻まれていたらしい。

神官らしからぬ発言をした者達は、地味にブラックリスト入りしたらしい。

泣き叫ぶ者、慈悲を乞《こ》う者、パニックになる者、立ったまま泡を吹いて気絶する者、白目をむいて大丈夫と呟《つぶや》き続ける者など、様々な反応があった。

「お、落ち着きなさい！　見るのです！　光り輝くもの達が浄化してくれている……これはまさしく、神の奇跡です！」

どうにかこうにか神官達を落ち着かせると、セインティアの神官達も光り輝くもの達と共に、ウルファネアへと向かった。

◇◇◇

果てしなく広がる砂漠で、サボテン達は素直に祈った。

何より光り輝くもの……それは、彼らにとって大切な存在。彼らの天使達である。

そして、サボテン達も奇跡を起こした。

「ミナノモノ、ロザリンドヲタスケニイクノダ‼」

「サボ！」

「サボ！」

「サボ！」

「サボ！」

サボテンさん達はウルファネアへと移動を開始した。

こうして世界の各地で光り輝くものが生まれ、光り輝くもの達はウルファネアへと集結したのだった。

皆様、こんにちは。ロザリンド＝バートンこと、ロザリンドです。

今現在、ロザリンドは困っています。うん、私は光り輝くものを思い浮かべろと言いました。明確な希望のイメージは、邪神の力を削《そ》ぐだろうと考えてのことです。シヴァ救済と逆のことをしようとしたわけです。

しかし、事態は予想外の展開を迎えてしまった。

「わはははははは‼」

光り輝くジェラルディンさん。流石《さすが》は英雄。ウルファネアの希望の光だ。サイズはグリズリーで、本人よりでかい。格好は、マスクなしのウルファネアマスクスタイル。正体、バレていたんだね。

「おお、でかい俺がいるな！」

そして、まったく気にしない呑気《のんき》な本人。羨《うらや》ましいよ、その神経！　ジェラルディンさんみたいになりたいとは思わないけども！

「筋肉ぅぅ‼」

そして、筋肉が倍（当社比）になった、マイ天使《エンジェル》ディルク様。本人よりでかいグリズリーサイズで羽が生えているが……尊い。

「ディルク様……」

「拝まないで！　本物こっち！　現実を見て‼」

「嫌！　現実を見たくないの‼」

「まあ、気持ちはわからなくもないッスよ……」

駄々をこねる私に、遠い目をしながら凛花がフォローした。凛花の視線の先には、私が認識したくないモノが存在した。

「ロッザリンドォォ‼」

「やかましい‼」

「それは、美女の姿をしていた。かつて、ウルファネアを救いし者。その者、白銀の衣を纏《まと》い白銀と漆黒の騎士と神の使いを従えてあまたの魔物をうち滅ぼした。その神々しき姿は、まさに聖女。幼くも凛々《りり》しく、美しい。戦いの後にもかかわらず血に汚れず、輝かんばかりである……だったかな？」

「いやいや、待って‼　ジェスさん、それ何⁉」

「ん？　ロザリンドを崇《あが》めている奴《やつ》らの教典の一節」

「どうしてそうなったぁぁぁぁ⁉」

私が大混乱である。

認識したくないのだが、仕方ないので現状を説明しようと思う。

現在ウルファネアには三体の光り輝くものがいる。ジェラルディンさん、ディルクと……鎧《よろい》と化したヴァルキリーを身に纏う、筋肉ムキムキ美女ロザリンド（ただしゴジラ並みにでかい）である。

「足すな！　足して割るなぁぁ‼」

せめて私とヴァルキリーは別枠でお願いします‼　なんで⁉　ウルファネアでは私＝ヴァルキリーじゃないわけ⁉　あと、私に外見上の筋肉はないから！　ムキムキしてないから！　もっちり肌

だからね⁉　誰だ⁉　筋肉ムキムキロッザリンドォォとか言ったやつ‼

　三体はウルファネアを浄化すると邪神に襲いかかる。

「ロッザリンドォォ‼」

「やかましい！」

人の名前を叫ぶんじゃない‼　しかし、これはまだ前座だったのだ。

「あはははははは！」

「え？」

「は？」

「へ？」

「おお」

「ええええ⁉」

「む？」

「はああああ⁉」

「にゃはは、アルディンでかいなのー」

そう、巨大なアルディン天使《エンジェル》が現れた。

「……アルディン様……立派になられて……ついに天使になったんですね。薄々そんな気はしていました」

　常に輝いていたから、いつかこんな日が来るんじゃないかと思っておりましたよ。

「いや、ロザリンドのでかいのと多分同じだよね⁉」

試しに祈ってみたら、妖精《フェアリー》アルディン様が私の前に現れた。妖精《フェアリー》アルディン様は邪神に体当たりをかまして、邪神をよろけさせた。こうかはばつぐんだ。

「いや、強すぎる！　妖精《フェアリー》アルディン様すげえええ‼」

「あはははは！」

でかいアルディン様も邪神に襲いかかりはじめた。地味に邪神が引いている気がする。お前はやはりマトモなんだな。私もドン引きしているよ。

「ロザリン、助けに来たわ！」

「クラリン！　来てくれたの⁉」

「当然よ！　私達は戦友《とも》であり、魂の友人《ソウルフレンド》なのだから！　仲間達《マスコット》も連れてきたわ！」

うちの魔獣さん達もクラリンと一緒に来たみたいです。魔獣さん達が光に包まれ、グリズリーサイズの私《ロザリンド》が出現した。いや、なんでだ⁉　なんでまた私が増えるの⁉

「勇者様、遅ればせながら参りました‼」

セインティアの神官達も来たらしい。

「うふふふ……」

本物よりも美人な姫勇者が空を舞う。なんでだ。しかし、クラリンやサボ☆天使の方がでかい。よかった。シヴァヴァも電車の動きをしている。戦えよ。お前はボケ要員か⁉　あれにインパクトで勝てたら暫《しばら》く引きこもるしかないな。

「サボーン！」

サボ☆天使が針ミサイルを発射した。地味に他の輝くものにも当たっていたというか、刺さっているが大丈夫らしい。

「クラリン☆ファイナル・アタック☆」

ゴジラクラリンが、邪神に踵《かかと》落としをおみまいした。邪神が倒れた。物理的威力はもちろん、至近距離からのサービスショット《ぱんちら》はダメージが半端ないだろうなぁ……。

「サボ！」

「サボ！」

「サボ！」

「サボ！」

「ロザリンド、タスケニキタゾ‼」

サボテンさん達と……何あれ。

「うふふふふ」

「あははは」

「はっはっは」

「わははは」

サボテンを運ぶ四体の天使。一人は、兄だな。でかい兄だ。そして、ピンクブロンドのまさしく天使。ミルフィと、ミチェルさん……シーダ君のパパさんで植物学者。そういや、サボテンの心を持っていたよね……。

　そして、本人より美人な輝く私《ロザリンド》。サボテンさんには、私があんなふうに見えているのかしら（白目）。

「うふふふふ」

「うふふふふ」

「うふふふふ」

「うふふふふ」

「うふふふふ」

　そして、さらに集結する本人より美人な私《ロザリンド》。いや、待て！

「なんで、私ばっかり⁉」

「驚異のロザ率ッスね」

「うまいこと言うなぁ‼」

　なんだよ、ロザ率って！　地味に語呂《ごろ》がよくて腹立つわ！

「ロザリンドがいっぱい……でも、本物が一番可愛《かわい》いよ」

「ディルクは目がおかしい！　正気に戻って⁉」

　遠い目をしたディルクをなんとか現実に引き戻そうと必死で声をかける。

「……たくさんのロザリンド……。本物一人だけでも大変なのに……魔、終わったな」

ジェンドのひとことに、皆が真顔で頷《うなず》いた。いやいや、どういう意味⁉　いくら私でも一人であんなでかいヤツ……倒せなくはないかもしれないけど難しいからね！

「いやいや、終了したらダメッスからね‼」

「あ」

そうでした。ラヴィまで消えたらダメだよね！

◇◇◇

邪神は現在、光り輝くもの達によりフルボッコなう。恐らく倒すだけならこのまま放置していれば問題ないが、ラヴィを助けなければならないとなると……。

「うーん……」

私は脳みそをフル回転させる。状況打開のために何をするべきか……。

「まあ、ロザリィがたくさん……」

「どーなってんだ？」

「やあ。大変そうだな、ロザリンドちゃん」

「つうか、なんであんな増えたん？　分裂か？」

「んなわけあるかい！」

思わず思考を中断して全力でツッコミをする私。ミルフィ、シーダ君、ウルファネアの女公爵シユシュさん、シュシュさんの旦那《だんな》さんで私の親友・彼方《かなた》さんが来てくれました。あ、ウルファネアの公爵であるレオールさんとディルクのお祖父様《じいさま》……金獅子《きんじし》族と魔豹《まひょう》族も揃《そろ》いましたね。

「大変なことになっていますね。主《あるじ》がたくさん……」

「うむ。ロザリンドちゃんや、何をしたのだい？　じぃじに言うてみぃ」

「私のせいじゃないです‼　お祖父様は味方だと思っていたのに‼」

ひどいや！　なんか変なことが起きたら、大体が私《ロザリンド》のせいなんですか⁉　名誉毀損《めいよきそん》だ！　訴えて勝つぞ‼

「やあ、大変なことになっているようだね」

「ロザリンド、説明」

「はい！　喜んで‼」

反論しようとしたら、兄っぽいアルフィージ様と実の兄だけでなくクリスティアからも皆が来てくれました。もうオーバーキルな気がしてきた。デストロイ！　いや、破壊したらダメなんだった。もう面倒くさい。

とりあえず現状を報告しました。しかし、光り輝くもの達については私もなんでこうなったかよくわからない。

「……くるっぽー。それに関しましては、シヴァ様、ミスティア様、スレングス様、インジェンス様によるものです。神の特殊な能力、願いを叶《かな》える力を使われたのです」

「……マジか」

一瞬、ドラゴンなボールの龍が頭をよぎったが、見なかったことにした。

「はい、マジです。ロザリンド様の助けになるようにと」

助けどころか、ラヴィごと滅しそうになっているけどな。私より、シヴァ達に報告、連絡、相談のほうれんそうを全力で仕込むべきではないかと思われる。

「これだけいれば、大概の事はできそうだね」

私はようやく思いついて、サラサラと魔法陣を書いていく。

「賢者様、これは可能かな？」

奥方様にさりげなくセクハラされていた美人なじじいこと私の師匠である賢者に話しかけた。

「多少粗い……が、うん。可能だ。本当になんというか、君はもう僕の弟子を名乗らないでくれない？　この規格外弟子！　破天荒弟子！　天才と紙一重弟子‼」

「世の中、諦《あきら》めなきゃいけないこともあると思うの。じじいが私に魔法を教えたのは間違ってないし。大半自習だったけど、教材を提供したでしょ」

私は美人な賢者《じじい》にイイ笑顔を向けてさしあげた。じじいがキレた。カルシウムが足らないじじいである。

私の考えた魔法陣……魔を閉じこめる簡易陣を魔法院とセインティアの神官達がさらに仕上げていく。彼らは素早く準備に取りかかった。

「力仕事なら任せてくれ！」

「今日は大盤振る舞いしちゃうわよ！」

あ、親友で敏腕商人のミス・バタフライやウルファネア商人軍団も来ているみたいだね。

魔法陣がすごいスピードで完成していく。

「さて、特攻してラヴィを取り戻すよ！」

メンバーは、私と凛花とジューダス様。

「ロザリンド、俺も行く！」

ディルクが私にしがみついた。今回ディルクはお留守番というか、結界要員です。

「駄目。ディルクはあの魔法陣の要《かなめ》だから。なるべく私が危なくないように魔の力を削《そ》ぐって役目がある。必ず帰るから、待っていて」

多分、このメンバーで一番危ないのは私だろう。だが、仕方ないのだ。

だって、私は……。

「ごめんな、ディルク。ロザリンドは必ずオレが護《まも》るから、行かせてくれ。いや、ロザリンドが居なきゃダメなんだ」

金色に輝く妖精さんみたいなチタは、本当の姿を取り戻したのだろう。

「ラヴィ君？　いや、チタ君ッスね」

チタは金髪だけど、ラヴィにそっくりだった。

「いや……どっちもある意味間違いではないかな。オレもアイツの……あいつらの一部なんだ。思い出したよ。女神ミスティアが封じた、ラヴィアスの神としての力の一部がオレだったんだ。オレが女の格好をしていたのも、今思えばオレを隠すためだったんだ」

そもそも、最初からおかしかったのだ。邪神を、魔を退ける唯一の存在が、ただの精霊であるはずがなかった。しかも、他の聖属性に私は会ったことがない。噂《うわさ》も聞かない。この世でチタだけが持っていた聖属性。

私がラヴィを見たとき、チタにそっくりだと思ったから……なんとなく予感はしていた。

「薔薇《ばら》と馴染《なじ》んじゃってちょっと変質したけどな」

「……絶対に、無事で帰ってきてね」

「…………………うん」

「間が長いです、ロザリンドさん‼」

「いやまあ、うん。なるべく頑張る」

「うわあああああああ‼」

「⁉」

悲鳴があがったので外を見ると、邪神が溶けだしていた。大地を穢《けが》しているようだ。

陣の完成が間に合ったらしく、陣のなかでドロドロの魔神が浮かんでいる。光り輝くもの達がすぐに地面を浄化する。

「時間がないみたい。行ってきます‼」

「気をつけて！」

「女は度胸ッス‼」

「うむ、できる限りの事はしよう」

こうして、私は凛花とジューダス様を連れて邪神の中に入りこんだのでした。

◇◇◇

ただひたすらに落ちるような感覚。気がつけば、自分はあのデートで来た場所……『ラヴィ君の場所』に来ていたッス。

「ジューダス様！」

辺りを見回すと、倒れているジューダス様を発見した。

「リンカか……」

ジューダス様に怪我《けが》はないようッス。でも、ロザリンドちゃんがいないッス。

「ジューダス様、ロザリンドちゃん知らないッスか？」

「いや、はぐれた……のか？」

あの人、なんでこんなに迷子《まいご》になるんスかね。いや、もしかしたら拒否られた？　ここには『ラヴィ君が許可したもの』しか入れないはず。

ロザリンドちゃんが危ないかもしれない！

「ジューダス様、ラヴィ君を探すッス！　ラヴィ君がいればなんとかなるはずッス！」

「ああ」

相変わらずラヴィ君の場所は静かで、生き物の気配がしない。

ラヴィ君はすぐに見つかったが、丸まって怯《おび》えていた。

「ロザリンド怖いロザリンド怖いロザリンド怖い」

「「…………」」

そういえば、邪神はキラキラロザリンドによる集団暴行を受けていたッス。しかも、ロザリンドちゃんはカバディでラヴィ君にトラウマを植え付けた張本人ッス。

なんてこった。ラヴィ君にロザリンドちゃんを探せと頼むなんて、嫌がらせ以外の何物でもない。

「ラヴィ君……」

触れたとたんに、映像が流れてきた。

それは、少年達のお話だった。

独りぼっちの神様だった少年は、気まぐれで地上に降り立った。

「君、誰《だれ》？　一緒に遊ぼう」

そこで神様は、少年と友人になった。駄目だと知りながらも、神様は少年に会いに行く。

少年はいつの間にか青年になり、徴兵された。

当時は戦乱の時代であり、青年が徴兵されたことも、敵地で捕らえられ、無惨に殺されたことも、けして珍しいことではなかった。

敵国にとって不幸だったのは、青年が神様にとって特別で大切な存在であったこと。それを知らずに殺してしまったことだ。

青年の亡骸《なきがら》を見つけた神様は、泣いた。初めてできた大切な友人を無くして、泣いて泣いて……

憎悪した。

青年は争いを好まない男だった。青年を戦争にまきこんだ国が憎い。

青年を捕らえて殺した人間が憎い。

こんな酷《ひど》いことを許した国が憎い。

憎い、憎い、憎い、憎い憎い憎い憎い憎い憎い憎い憎い憎い憎い憎い。

そもそも『愛』と『憎悪』は表裏一体であり、神様はとても不安定な存在だった。大切なものの喪失でそのバランスは一気に傾き、神様は邪神となって世界に災いをふりまいた。

正気にかえった時には、青年がいた国も敵国も滅んでいた。

「ラヴィアス、君は神として、してはならない事をした。罰を受けなければならない」

他の神様達は罰を……魔王として殺され続ける役割を邪神になりはてた神様に与えた。そして、殺されることで神様は自分が穢した世界を浄化するのだ。また穢れがたまれば適当なものにとりついて魔王として生まれ、殺される。

逆に、気が楽だった。罰が欲しかった。自分の罪は到底償えるようなものではなかったから。

殺して……罰を与えてほしかった。気が遠くなるぐらいの年月を過ごした。何回殺されたか……わからない。

「世界はそんなに残酷じゃない。お前も解放されたらいい。俺は、俺として生きる」

最後の魔王は、魔王として生きたくないと邪神を拒絶した。

「人の中で生きなさい」

救世の聖女は、自分の子孫のなかで生きろと邪神を封じ込めた。

封印のなかで、人の営みを見ていた。いいやつもいた。酷いやつもいた。優しいやつもいた。

大事だった青年を思い出した。

世界を、人を、愛していたことを思い出した。

救世の聖女は残酷だった。魔王として殺され続けるほうがよほど楽だった。思い出したくなんかなかった。自分がどれだけ酷いことをしたのか、思い知らされた。

そして、封印がゆるんできてしまった。たまに少年の代わりに外に出る。世界に溜《た》まった穢れを発散しなければならなくて、やりたくないけど他の人間に『種』を植え付けた。少年……ジューダスはそれに気がつき聖域に引きこもる。

婚約者のことも、噂では彼がフラれたことになっているが、実際は彼が婚約者への影響を恐れて身を引いた。


人の人生を不幸にすることしかできない己を呪《のろ》い続けて、神様は光に出会う。

「自分とお友達になってくださいッス‼」

それは、とても綺麗《きれい》な魂を持った女の子だった。

「汚くないッス。否定しないで。自分が変な奴《やつ》なのは今更ッスけど……自分はまっさんを汚いとは思ってないッスよ。むしろまっさんは綺麗で優しいッス」

こんなにも穢れた自分に、優しい言葉をくれた。

「自分は……私は貴方《あなた》を殺さない。貴方を救うための勇者だから。勇者召喚は『条件に合う者』を召喚するものなんだよ。確かに昔の勇者召喚は『魔を倒せる人間』を召喚していたから、勘違いしても仕方ないけど。ただ貴方を殺すだけなら、救世の聖女にもロザリンドちゃんにも可能だったんだよ。それは覚えておいて」

勇者として召喚されながら、神様を……魔王を救う勇者になると言った。

「渡瀬凛花は、貴方を救う勇者なんだよ。いつか必ずまっさんに『凛花と一緒に生きたい』と言わせてみせるッス！」

自分を救う勇者になると言ってくれた。生きたいと言わせてくれると笑った。

「できるッスよ。ラヴィ君が心から望むなら、自分はラヴィ君の味方になるッス！」

味方になってくれるって、言ってくれた。

初めて、一緒に『生きたい』と思わせてくれた。優しい気持ちを、心がこもった贈り物を、愛をくれた。幸せだ、と思えた。

未来を、願った。

「リンカ?」

いつの間にか、またラヴィ君の場所に戻っていたッス。

「とんぬらあああ‼」

いや、もうね? 自分がおかしいのはわかってるッスよ。でもなんつーか、愛《いと》しさと切なさと甘酸っぱさがもう……とんぬらあああああ‼

いやもう、嬉《うれ》し恥ずかし……とんむらあああああ‼

ひたすら草原を転がる自分に、ラヴィ君とジューダス様が戸惑っていたけど、仕方ないと思うッス。えらいもん見てもーたッス。あと、勘違いしてたのが恥ずかしかったッス‼

◇◇◇

自分はようやくとんむらあああああ‼ から復活したッス。

「リンカ、さっきのはなんだったんだ？」

「にゃんでもないッス‼ ラヴィ君の大事なお友だちを勝手に女の子だと思っていて、自分はせいぜい二番目止まりだけど、それでもラヴィ君が好きとか酔っていた自分が恥ずかしいなんて全然全く思ってないッス‼」

「は？」

「しかも予想外にラヴィ君に愛されていて、嬉し恥ずかしとんむらあああああ‼ ふぬああああ‼」

「え？」

しまったッス！ とんむらあああ‼ が再発したッス。愛しさと切なさと甘酸っぱさがあああ‼ し、幸せすぎて、とんむらあああ‼ が止まらない‼

「……僕の初恋はリンカだ。びーえる？ じゃない。あいつに恋愛感情はない。強いて言うなら友愛だ。初めてできた、友だちだった。僕はリンカを……リンカだけをあ……あいしている」

頬《ほお》を染めて恥じらいながら……愛しているいただいちゃいましたぁぁぁ‼

「ゲメゲメエエエエ⁉」

ついにとんぬらあああを越えた魂のシャウトが‼　いやもう、ラヴィ君は自分をどうするつもりなの⁉　自分が初恋だったの⁉　まーじーで⁉　のいやあああああ‼　嬉しすぎるうううう‼

「ラース」

転がり悶《もだ》える自分に苦笑しつつ、ジューダス様が多分ラヴィ君に声をかけた。

「ん？　え？」

「すまなかったな。お前があんなことになってしまうとは思わなかった」

「は？」

「ようやく思い出せたよ。私はハイドンだった。神が仕組んだのか、偶然かはわからんが……またお前に会えてよかった」

「は？」

さっきの記憶のなかで、幼い友人が上手《うま》くラヴィアスと言えなかったから『ラース』がラヴィ君の愛称になった。『ハイドン』は、彼の友人の名前だ。

「いや、すっきりした。昔から不思議な記憶があってな。ラヴィを見て何か思い出しそうになるが思い出せなくてなぁ」

ジューダス様は苦笑した。ジューダス様は『ハイドン』の生まれかわりなのかもしれないそうだ。

「間に合わなくて、ごめん」

「いや？　最期に独りで死ななくてよかった。嘆いてくれる者がいるのは幸せなことだ。お前はちゃんと間に合ったよ。ありがとう……私の死《ハイドン》を嘆いてくれて」

「ふ……」

ポロポロと涙を流すラヴィ君。ジューダス様が優しくラヴィ君をナデナデする。

つい和んでしまったが、自分達は非常に大切なことを忘れていました。

「あのさ、ロザリンドが危ないから、いいかげん助けに来ぉぉい‼」

チタ君の叫びに、ロザリンドちゃんがはぐれていたのを思い出した。和んでいる場合じゃありませんでした‼　大変ッス‼

「ラヴィ君、ロザリンドちゃんを探してほしいッス‼」

「わかった」

こうして、ようやくロザリンドちゃんを探しに行くことにした自分達。

頭のどこかで、ロザリンドちゃんはロザリンドちゃんだしロザリンドちゃんだから、あり得ないぐらい強いから、絶対大丈夫と思っていた自分をぶん殴りたい。ようやく見つけたロザリンドちゃんは、邪神に喰《く》われようとしていた。

身体《からだ》を肉の塊に埋められて、磔《はりつけ》みたいになっていた。

「ロザリンドちゃん！」

呼びかけにも応《こた》えない。やばい！

冷たくなっていた凛姉ちゃんの姿が一瞬頭をよぎったけど……諦《あきら》めない！

ロザリンドちゃんを助けるんだから‼　自分はつーさんをギュッと握って……ロザリンドちゃんへと駆け出した。

◇◇◇

皆様こんにちは。邪神に飛び込んだロザリンドです。オンリーロンリーロザリンドです。

「何故《なぜ》はぐれたし」

「仕方ないよ。無意識にラヴィが呼んだんだ。気配がした。あの二人は、やっぱりラヴィにとって特別だし……きっとわかっているんだと思う」

「……何を？」

いや、独りじゃなかったよ！　チタが居たよ！　セーフ‼　ホッとしつつ、チタにたずねた。

「多分、あの二人が……」

チタが周囲を警戒する。

いやまあ、それ以前に邪神の腹の中にいるようなもんだからなぁ。凛花達がラヴィを起こすのを信じて時間を稼ぐしかない。

「囲まれているね」

魔力酔いの薬をあらかじめ飲んでおいたが、はたしていつまで効いているだろうか。

ゾンビみたいなのをひたすら倒す。そして、解決策を思いつかないまま時間だけが過ぎていく。

ついに邪神に捕まってしまった。

「ロザリンド！」

チタがフォローしようとするが、ゾンビみたいなのに囲まれてしまった。

腕をつかむ触手を斬ろうとしたら、頭に声が響いてきた。

『貴女《あなた》のせいで、私の人生は台無しよ』

それは、幼い少女の……よく知る相棒の声だった。その一瞬の隙を逃さず、さらに触手が絡み付いていく。

「しまっ……」

『貴女のせいで、私は死んだかもしれない。こんな大変なことを押し付けられるなんて思わなかった』

それも、よく知る女の声だ。ロザリアが怖がる気配がした。まずい。

「うあああ‼」

触手が巻きついてくるにつれ、声が酷《ひど》くなっていく。頭がいたい、うるさい！

私は……凛は凛の死を恐れない。ロザリアも慣れている。だけど………。

「あ、あああああああ‼」

凛はロザリアが死ぬのが怖い。

ロザリアは凛が死ぬのが怖い。

そこを突《つ》かれてしまった。これはまずい。侵食されている。

「ロザリンド‼」

チタが呼んでいる……応えなければと思いながら……意識は少しずつ闇《やみ》に沈む。

「あのさ、ロザリンドが危ないから、いいかげん助けに来ぉぉい‼」

かすかに、そんな叫びが聞こえた気がした。


『ロザリンド』

「ん……」

『ロザリンド』

「んん……」

まだ眠りたい。辛《つら》いのはいやだ。

『ロザリンド、早く起きないと……俺が暴れるよ』

「！？？」

本気と書いてマジな気配がしたので跳ね起きた。姿は見えないが、恐らくディルクだろう。彼の気配を感じる。

『ロザリンドに何かあったら、ラヴィがどうのとか関係なく……全力で暴れるから』

声が静かなだけに本気がひしひしと伝わってくる。あと、めちゃくちゃお怒りじゃあぁ‼

「ごめんなさい！　な、なんとかするから！」

しかし、どうしたものか。多分私の身体《からだ》は乗っ取られたな。邪神は愛の神様だった。ふむ、そこを踏まえて実験しよう。そうしよう。

「ディルク、愛しています」

『？　俺も愛しています』

「これが終わったら、本気で子作りしましょうね」

『！！？？』

「ね？」

『ははははは い……』

「子供は何人欲しいかなぁ」

『……俺は少なくとも二人は欲しいな』

私もモフモフな子供が欲しい。何人でも欲しい。

おお、ディルク効果で精神が安定したからか、愛が弱点なのかは知らんが、空間が揺らいできた。

「頑張ろうね、ディルク」

『……うん。だから、早く帰ってきて……一緒にあの家に帰ろう』

「『うん……帰りたい』」

「ロザリンドちゃん！」

ああ、凛花が私を呼んでいる。

「ありがとう、ディルク。私、行くね」

優しく微笑《ほほえ》むディルクを感じて、私の意識は覚醒《かくせい》した。

「ロザリンドちゃん！　今助けるッス‼　どけ！　どけえええええ‼」

目を覚ましたら、凛花が大暴れしていた。凛花さん超スゲー。巫女《みこ》姿で巨大な刀を振り回してゾンビみたいなのをバカスカ倒していく。あれだ、無双するやつ。あんな感じで敵をばっさばっさと薙《な》ぎ払《はら》いまくっている。

「ロザリンド」

「チタ？」

「融合するってさ、消えるんじゃないよ。見せてあげる」

そう言って、チタがラヴィに触れると融《と》けて消えた。ラヴィに金色の輝きが与えられ、チタの色に染まる。

「……ロザリンド……」

ああ、確かにそうだ。チタは確かに貴方《ラヴィ》と共にある。バカだなぁ。ずっとずっと、怖がっていたよ。だけど、そんな必要はなかったんだね。

「ロザリア……」

「リン……」

本当はずっと怖かった。

大切な私《凛》の片割れ。私《凛》が来たことで未来を変えたけど、貴女《ロザリア》の人生をめちゃくちゃにしてはいないかって。だから、いつか私《凛》は力だけ遺《のこ》して消えるつもりだったの。

本当はずっと怖かった。

凛は私《ロザリア》のせいで輪廻《りんね》から外されて、大変なめにたくさんあって……死にそうでも私《ロザリア》を守ろうとしてくれる。私《ロザリア》がいなくても、凛なら大丈夫。私の大切な片割れ。だからいつか、この身体《からだ》は凛にあげて私は消えるつもりだったの。

『お主らはとても似ていて、だからこそ融合しきれなかった』

聖獣様の声がする。そうだね。今ならわかる。大切すぎて、互いが互いの喪失を恐れて……隠していた。

私達、馬鹿だったね。どちらからともなく、苦笑して手を伸ばす。

触れる手が、互いに融け合う。私達なら……二人《ロザリンド》なら……なんだって出来るよ‼

「ロザリンドちゃん⁉」

「スーパーロザリンド、見参‼」

魔力が溢《あふ》れ、身体強化して触手を力ずくで引きちぎった。ノリはあれだ。野菜……じゃなくて……いや野菜人的なあれです。金髪で毛が逆立ったりはしていませんが、魔力が気っぽい。

「心配して損したぁぁ‼」

地面に転がる凛花さん。

「あっはっは。ゴメンゴ☆」

「軽い！　ノリがかっるい‼」

『ロザリンド』

「ロザリンド、この時を待っていた」

光の精霊である聖獣様と闇《やみ》の精霊である闇様。いつ来たのかしら。いやあ、お待たせしました。

「よろしくね、月《ユエ》」

闇様の名前。中国語で月。月みたいに闇様は優しいから、ピッタリだと思う。融合して安定したことで、ようやく闇様にずっと考えていた名前を贈ることができた。

「うむ！」

『ロザリンド、名前をくれ』

「ええ？　では……モンドはいかがですか？」

ダイヤモンドから来ています。なんとなく聖獣様っぽいと思っていたのよね。

『うむ、それでよい。さて、我らが愛し子よ。何を望む？』

「……穢《けが》れを祓《はら》ってほしいかな？」

「それは俺にやらせてくれ。けじめをつけたいんだ」

ラヴィが金色に包まれた。いつも見ていた、チタの光。同調して魔力を分けてあげた。

「ありがとう、ロザリンド」

あ、もしや……チタの加護つき武器からも譲渡ができる？　ディルク経由でお願いしてみた。

結果、ラヴィがスーパー野菜人的な感じになった。毛も逆立っているよ。名前もラヴィとチタで……ラヴィータ……ますます野菜人っぽいわ。

「ロザリンド……」

「はい」

「やたら外から魔力が来るんだが？」

「皆にお願いしちゃった☆」

「ほうれんそうが大事だって、さっき認識したばっかりだろうが！　思いつきでとんでもない事をするんじゃない‼」

「はっはっは」

ラヴィータ（仮）は、見事に邪神本体をキレイサッパリ浄化しちゃいました。

皆の魔力もあったので、それはもう、あっさりでした。こんなにありがたみのない元○玉も珍しいですね。そもそも本人が力を分けてくれコールすらしてないし。

そんなどーでもいいことを考えちゃうぐらい、あっさりとラヴィータ（仮）が邪神の穢れを祓い、さらに融合した。超野菜人スリーですね。わかります。

そんなどうでもいいことを考えていたら、黒いものに包まれた。

「ロザリンド！」

ディルクだった。加速魔法と獣化で、誰《だれ》より早く駆けつけたらしい。苦しいが、首のモフモフに顔を押し付けられるのは幸せである。

「お嬢様、無事ですか⁉」

私はあっという間に包囲された。ラビーシャちゃん、ミルフィ、シュシュさん……友人達、魔獣さん達、精霊さん達。

心配させてしまったらしい。頼むから泣かないでいただきたい。罪悪感がはんぱない。

「ロザリンド、大変だったんだよ？」

「兄様」

「……本当に、本っ当に大変だった……」

アルフィージ様、顔色が悪い。つか、怒ってない？

「まず、ディルクが異変に気がついて荒ぶった」

「ロザリンド、肉じゃが」

「アタシはダシマキタマゴ」

「俺、トンカツ」

「……かしこまりました」

ズタボロのカーティス、アデイル、ヒューを見て察しました。うちの素敵な旦那《だんな》様がすいません。食べ放題にしてあげます。

「ルーも荒ぶった」

「仕方ないだろ。ディルクがロザリンドがぁぁって泣き叫べば、誰だって不安になるし助けようとするだろう」

「兄様……」

「あとでお説教だからね」

「かしこまりました！」

もうどこからお説教なのか私にもわからない。とりあえず相当無茶をしたし心配させた自覚があるので素直に返事をした。

「本当に大変だったぞ、ロザリンド……ルーの反応も仕方ないし、無理もないがな……」

「ルー様も心配しておりましたものね」

頭を抱えたシーダ君は、ジト目でミルフィを見た。兄を止めていたのはシーダ君だったらしい。

すいませんでした‼

「ミルフィも荒ぶったよな？」

「……え、えへ」

可愛《かわい》いが、ミルフィもだったのか。シーダ君はミルフィも食い止めていたのか！　マジで尊敬するわ！　すっげぇな、シーダ君‼

「すんませんでした！」

きっちり九十度のお辞儀を披露しました。うっかり兄様とミルフィが邪神に触って侵食されたりしていたら、泣くに泣けないよ！　ありがとう、シーダ君‼

「お嬢様、愛されていますものね」

「そうだな、ラビーシャも取り乱した……いたた、痛い」

「余計なこと言わないでください‼」

「魔が小さくなって結界を越えてきてな……しかしそっちよりも、荒ぶる味方を落ち着かせる方が大変だった」

「そうですね……」

アルフィージ様、アルディン様、ジェス、フィズ達の苦労人軍団がぐったりしています。

「身内とマイエンジェルと友人が本当に、本っ当にすんませんでしたああ‼」

もはや土下座一択でした。ディルク、ラビーシャちゃん、ミルフィ、魔獣さん、精霊さんがメインで暴走しかけたらしい。マジですまんかった‼

「……ロザリンド、チタは？」

私の加護精霊であるスイが何かを感じたのか、暗い表情で話しかけてきた。

「あー、ラヴィと融合してラヴィータ（仮）になった」

「（仮）って……しかも勝手に命名したらダメッス！」

「ふむ、いいな。チタが名前を呼ばれないのも悲しい。そうするか」

ラヴィータは気にしてないらしい。スイは微妙そうな顔をしている。

「……スイが優しくしてくれたことも、ロザリンドがくれた感情《もの》もちゃんと覚えている。悲しんでくれてありがとう。でも、ラヴィには俺《チタ》が必要だったんだよ」

「……どういう意味？」

「ラヴィはリンカから愛……恋愛を。ジューダスから友愛を得ていた。チタはロザリンドから親愛を得ていた。だから融合したことで更に神としての力が増した。あっさり邪神を御せたのも、そのためだ。皆の魔力もあったけど、チタと融合したために得た部分は大きい」

「……そう。僕、あんたをあんまり好きじゃないけど……あんたの中にチタが居るのなら少しだけ仲良くしてやってもいいよ」

「………そうか。ありがとう」

そんな穏やかな会話をしているラヴィータを、後ろから刀で突き刺した。

「……え？」

ラヴィータは青ざめ、ゆっくりと地面に倒れた。

「ラヴィ君⁉　ラヴィータ君⁉　ロザリンドちゃん……どうして⁉」

私は凛花に微笑《ほほえ》みかけて、ラヴィータからゆっくりとその背中に刺した刀を抜いた。

この刀はかつて、救世の聖女が作ったもの。セインティアに保管されていたもの。

銘を『神無』という。神を殺すために作られた刀である。

◇◇◇

凛花も、皆も呆然《ぼうぜん》としていた。動かないラヴィータを無表情で見下ろす。もう一度、と刀を振り上げると硬直から復活した凛花がラヴィータを庇《かば》うように私とラヴィータ君の間に滑り込み、私の刀を魔女っ娘《こ》ステッキで弾《はじ》いた。

「どうして⁉　なんでこんな……ロザリンドちゃん‼」

「リンカ……」

ラヴィータは意識があるらしい。凛花に手を伸ばそうとして、完全獣化したディルクに押さえ込

まれた。

「……どいて‼　ラヴィータ君を助けるんだから‼」

怒りで凛花の魔力が暴走しだす。強力な魔力をステッキに注ぎ込み解き放とうとした。

うむ、頃合いだな。

「たったらー」

私は……『ドッキリ大成功！』と書いた看板を出した。

しばらく凛花は看板を眺めて硬直していたが意味を理解したとたんに気が抜けたらしく、魔力もすっかり霧散した。そしてそのまま倒れてよつん這《ば》いのポーズになりました。

「ごるあああ‼　やっていい冗談とダメな冗談があるッスよ‼　これは確実にダメなやつッス‼」

「てへ☆ゴメンゴ☆」

「ちくしょう、絶世の美少女め！　テヘペロも可愛いだと⁉　あまりにも反省の色がない！　しかし、美少女のテヘペロごちそうさまッス‼」

怒ったり喜んだりと忙しい姪《めい》っ子《こ》である。凛花はしばらく転がっていたが、いや、飛び起きるとラヴィータに駆け寄った。

「ロザリンドちゃん、酷《ひど》いッス！　人殺しッス！　神殺しッス！　逮捕ッス‼　なんで、こんな」

「「いや、死んでないし」」

ロザリンドちゃんとラヴィータ君の声が重なった。ラヴィータは怪我《けが》一つなく、むくりと起き上がった。

「だ、騙《だま》されたあああああ‼」

凛花は叫んだ。いいリアクションである。

「ドッキリ大成功。ウェーイ」

「ノリが軽すぎるッス！　誰《だれ》まで⁉　誰までがグルなんスか⁉」

「ディルクまでだよ。ラヴィータが起きたらバレるから、ディルクに押さえてもらいました」

「ディルクさんはまともだと信じていたのにいいい‼」

「いや、ごめんね？　ロザリンドが危険な時にラヴィだっけ？　とイチャイチャしていたって聞いたから……つい」

「「大変申し訳ありませんでしたああ‼」」

ラヴィータと凛花は二人で一斉に土下座した。確かに‼　一見穏やかそうなディルクだが、目が、一切笑ってなかった。本気と書いてマジだったよ。超怖い。

「誰が……誰がバラしたんスか⁉」

「……すまぬな、我だ」

月《ユエ》が素直に挙手した。

「闇様あああ⁉」

「いや、すまぬ。何故《なぜ》ロザリンドはチタがいたものの気配が独り離れていたのかとディルクに問い詰められて……怖かったのだ」

闇様はプルプルしていた。ブチ切れたディルクは超絶怖いので仕方がないと思う。なんでも、闇様……月《ユエ》とモンドは私を心配して一緒に潜入していたから一部始終を見ていたらしい。そんな月《ユエ》にディルクは聞いた。チタがいたとはいえ、何故私ははぐれたのか。嘘《うそ》をつけない正直な月《ユエ》は話してしまった。理由を聞いて私もおいぃ！　とは思った。しかし、ディルクはそれでは済まなかった。

結果、暗黒のマイダーリンが降臨した。

つがいの危機によりディルクさんは子育て中の熊以上にピリピリしています。

「で、それをディルクから聞いたからついでもあるし、茶目っ気を爆発させました☆」

「くっそイイ笑顔で解説アザッス‼」

「……ロザリンド嬢もホッとしたんだろうな」

「ああ、あんなに楽しそうにはしゃいでいるのは久しぶりに見るよ。最近よく考えこんでいたからね」

私の兄的存在であるアルフィージ様と、実の兄が穏やかに笑っていた。そんなに悩んでいたつもりはなかったけれど、私も私でピリピリしていたらしい。

「自分が悪いのは確かッスけど、納得いかねぇッスぅぅ‼」

「あっはっは」

凛花の悲しい叫びが空に吸い込まれていった。

◇◇◇

「で、結局ロザリンドは俺に何をしたんだ？」

凛花が落ち着いてからラヴィータが話しかけてきた。なかなか空気が読める子ですね。

「神の力を抜き出したのよ。人間として凛花と生きるんだから、いらないでしょ？」

「異議ありッス！　だからっていきなり何にも言わずに日本刀をラヴィータ君の背中にブッ刺すとか、あり得ないッス‼」

すかさず凛花がツッコミをいれてきた。

「じゃあ、発想を逆転してごらん」

「え？」


そういうわけで、妄想スタート。

「この刀……『神無』は神様の力を抜き出せるんだよ☆」

「わあ、すごーい☆」

「そういうわけで、ラヴィータにブッ刺すね！」

「いやあああああ‼　スプラッタッスぅぅ‼　ダメッスぅぅ！　ダメッス‼」

凛花さん大暴れ。妄想終了。

「……説明されても、全力をもって止めるッスね」

「でしょ？」

「いや、だからっていきなり刺していいわけないッスよ!!　そもそもなんで刀なんスか!　形状と方法に問題がありすぎるッス!!」

「神に作用する魔具で使えそうなのはこれだけだったんだよ。刀には断つイメージがあるから改造しやすかったし」

「ぐぬぬ……」

リアルでぐぬぬとか言うやつ、初めて見ました。

「しかし、身体《からだ》は楽だな」

ラヴィは手を握って開いてしている。

「チタは薔薇《ばら》と融合していたからね。神兼精霊だから、魔力が不安定だったんだよ。今は精霊の力だけになっているから安定したんだろうね」

「なるほど。しかし、それぶっつけ本番だったのか?　ちょっと怖いな」

「ううん、しっかりバッチリ神体実験《じんたいじっけん》したよ」

「………は?」

「シヴァの神力抜いたりいれたりした。シヴァは神の力が抜けると埴輪《はにわ》顔になると知りました。ミスティアは貧乳に、スレングスもある意味貧乳に……そして、インジェンスは……」

「待て!　待て待て待て!!　何をしているんだ!!」

「だから、神体実験」

「すんなあああああ!!」

いや、みんなとても協力的でしたよ。進んで犠牲……じゃなかった実験されてくれました。おかげでコントロールはバッチリです。

ラヴィ……ラヴィアスへの償いなんだろうなと思ったので、遠慮なくやりました。まあ、危険はないと賢者に太鼓判をおされてからだけどね。

このとき、私ことロザリンドは全《すべ》てがうまくいったと、完全に油断しておりました。背後の気配に気がつかなかったのです。

ひょい。ぱくり。もぐもぐ。

「あああああああああ⁉」

「えええええええ⁉」

「え？」

刀が……神無が軽い。

刀の先っぽに刺さっていた、桃色と黒が混ざったビー玉ぐらいのもの……ラヴィアスの神力の核《コア》が、ない。

ふりかえったら、クラリンがなんかモグモグしていた。

はい⁇

「食べたらダメッス‼　ペッするッスよ！　ペッするッス‼」

誰《だれ》より早く正気になった凛花が、クラリンに吐かせようとした。

「ごっくん」

「ああああああああああ⁉」

「飲んじゃった⁉　あああ明らかに飲んだッスね⁉　飲んじゃったんスね⁉」

ええと……つまり、推測としては……。

まず神無が軽くなった。
↓
見たら、ラヴィアスの神力の核《コア》が無くなっていた。
↓
後ろの誰かが盗《と》ったらしい。
↓
後ろにはクラリンがいた。
↓
クラリンは手に何も持っていなかった。口がモグモグしていた。
↓
凛花はクラリンの口に入った何かをペッしなさいと言っていた。
↓
それをクラリンが飲みこんだ。

「えええええええ⁉　クラリン、なんで食べちゃったの⁉　大丈夫なの⁉」

何故《なぜ》、人は見るからに大丈夫じゃないと解《わか》っているときに限って『大丈夫⁉』と聞きたくなるのだろうか。

「クラリン、吐いて！　吐き出すのよ！」

クラリンの両足首を持って全力でジャイアントスイングをした。

「危なっ！」

「いたっ⁉」

逃げ遅れたアルディン様が振り回されるクラリンにぶつかったがそんな細かいことは気にしない。

遠心力の力で、吐き出させてやる‼

「ストップ！　ロザリンドちゃんストップ‼　見えたらならないモノが丸見えッス‼　おぱんつが……クラリンのおぱんつがチラリを通りすぎてモロ出しッスうう‼」

遠心力により、クラリンのぱんつは丸出しである。しかし、止まるわけにはいかないのだ‼　やらねばならぬ時なのだ‼

「うおおおおお‼」

私は頑張った。全力をもって回った。


結果。

「うおぇぇぇぇ…………」

「無茶しやがってッス……」

私が吐きそうです。凛花が背中をさすってくれています。ありがおえっぷ……三半規管的酔いは異常無効がすぐ効かないんだよね。

クラリンは吐きませんでした。つうか、何故酔わんのだ。体質の差か？

「クラリン、愛をふりまく天使《エンジェル》になるの」

「……そっか」

「納得しないでほしいッス！」

いやもう、どうしようもない。真面目《まじめ》な話さぁ、完璧《かんぺき》に融合しちゃったんだよ。多分クラリンと蔵之助《くらのすけ》さんという二つに分かれた魂を持っているから、二面性があるコアと相性が良かったのだろう。

「嬢ちゃん。神の力を封印したとしても、悪用しようとする輩《やから》は必ず現れるだろう。邪神の力はそれがしが守ろう」

「蔵之助さん……」

クラリンは蔵之助さんにバトンタッチしたらしく、侍スタイルの蔵之助さんは静かに語る。

「亡き妻に、約束した。世界の行く末を見守ると……自分からは死ねぬ身だ。ならば、新たな役目をもって世界を見守りたいのだ」

「……はい。わかりました。お願いします」

「穢《けが》れが溜《た》まらぬよう、この刀を祓《はら》う刀に変えてくれんか」

「……はい」

刀は斬り、断ち、祓うもの。すぐに改造して蔵之助さんに『神無』を渡した。

「では、さらばだ」

蔵之助さんからクラリンに姿が変わる。『神無』が魔女っ子的な刀になった。

おい。お前まで変身すんなよ。

「ロザリン……」

「クラリン……」

「クラリンはロザリンを見守っているの。ロザリンが幸せになれるように、たくさんお祈りするの。愛の神様として、たくさん幸せにするの」

「うん……頑張ってね、クラリン」

「ノンノン、涙はダメよ。きっとまた、会えるわ」

クラリンの背中から、大きな羽が生えたら。

「またね、ロザリン」

「うん！　またね、クラリン‼」

クラリンは天高く舞い上がる。

クラリンのぱんつは、白のレースつき苺《いちご》ぱんつでした。

◇◇◇

クラリンが去ったあと、私はしばらく空を見つめていた。そして、思い出した。

「彼方《かなた》さん！　彼方さんはいますか⁉」

「お？　どうした」

彼方さんがのんびり歩いてきました。なんか久しぶりです。シュシュさんも居ます。

「彼方さん！　なんでやねんはどうしたんですか⁉　さっきはツッコミどころが満載でしょ⁉」

「人間ツッコミどころがありすぎるともはやツッコミ不能になる」

彼方さんは遠い目をしました。いや、よく見たら目が死んだお魚みたくなってます。

「……Ｏｈ……」

「無駄に発音ええな。なら、とりあえず……なんであのじじいは女装したり侍スタイルになんねん‼」

「そこからか‼」

よく考えたら、彼方さんはクラリンと初対面でした。そこからでしたか！

「なんで、羽生えたでかいじじいも居たんや⁉」

「それは多分、セインティアでトラウマを植えつけた結果です」

「ロザリンドちゃんは本当に何をやらかしてんの⁉」

「……色々？　いや、それは（関わったけど）私のせいでは（多分）ないですよ！　なんでもかんでも私のせいにしないでください！　名誉毀損《めいよきそん》です！　訴えて勝つぞ！」

「最初色々ゆうたやろ！　はなから語るに落ちとるやないか！　認めなさい！　ただでさえ色々色々やらかしとるからしゃあないやんか‼」

「くっ……誘導尋問とは卑怯《ひきょう》な……」

「誘導尋問しとらんわ！　勝手にしゃべったんやろがボケェ‼」

彼方さんは、ツッコミたかったけど空気を読んでツッコミ力を溜めていたようです。素晴らしいツッコミです。

「凜花、見習って。これがほんまもんのツッコミ職人よ」

「誰《だれ》がツッコミ職人じゃ、ボケェ‼」

しばかれました。小さなボケも見逃さない……流石《さすが》です。

彼方さんはその後大から小までひたすらにツッコミをしていました。

「人のもん勝手に食べたらあかん以前に、食いもんじゃない‼」

「「確かに‼」」

凜花も交ざって合いの手をいれています。

「……ロザリンドは何がしたいんだ？」

「多分ホッとしたんだろうね。楽しそうだ」

「……そうか」

まるで母のごとき慈愛に溢《あふ》れたディルク。ラヴィータ君はツッコミを諦《あきら》めたようです。

彼方さんはまだツッコミをしています。永遠に続きそうなツッコミを止める人物が現れました。

「父さま」

「とーさま」

「とーたま」

「にゃあ、遊んで～」

彼方さんちのプリキュン天使達です。

「カトリーナ、シュレク、カナリィ、シュクル！　来たのか⁉　アンドレは……」

「すいません……」

彼方さんちの従者であるアンドレさんは噛《か》み痕《あと》だらけでした。

「アンドレやだ！」

「とうさまがいい！」

容赦ない子供達の言葉に、アンドレさんが涙目です。やめてあげて‼

「やめなさい！　アンドレをいじめない！」

『はーい』

「うおおお……彼方さん……彼方さんちの天使をちょっと抱っこしたいです」

「や」

「やだ」

「いや」

「……（じわりと涙がたまる）」

完全に拒否ですね？　ＮＯと言えるちみっこ達ですね？　わかります。彼方さん、羨《うらや》ましすぎる‼

彼方さんを嫉妬《しっと》と羨望《せんぼう》の眼差《まなざ》しで見つめていると、足にモフモフが絡んできた。

「にゃ、にゃーん」

黒にゃんこディルクさんが『チビモフより可愛《かわい》い俺を好きにすればいいだろ。仕方がないから、ギューしてチューして腹モフしてもいいぜ』と言っている（都合良く解釈）‼

「ディルク～、もふもふ～」

「ふにゅ……」

ディルクを存分にモフったら、背後から声がした。

「ロザリン、そろそろいいかしら？」

「クラリン⁉」

「また会ったわね」

「いや、さっき別れたばっかやんか」

すかさずツッコミをする彼方さん。

「クラリン、神様として初仕事なの」

華麗にスルーするクラリン。

「ラブ太を人間にしてあげるわね」

クラリンはラヴィータ君のツッコミも華麗にスルーした。もはや魔女っ子的な刀にしかみえない『神無』を振ってキラキラした光をラヴィータ君にまいた。

「ふう、任務完了《ミッションコンプリート》ね。ロザリン、また会いましょう」

ふわり、とクラリンはまた空に舞い上がる。また苺ぱんつがチラリと見える。見ないように視線をそらした。そのまま去るのかと思いきや、空からクラリンが話しかけてきた。

「ロザリン、リンカー、しばらく神への願い事はクラリンにしてね」

「なんで？」

「他の神様、皆力を使いすぎてしおしおなの」

「…………」

しおしお？　ああ、そういや光り輝くもの達なんて、とんでもない願いを叶《かな》えまくったから……まさか力が涸渇《こかつ》手前ってこと⁉

「早く言ってよ‼」

「早く言ってほしいッス」

「はよ言えや‼」

「早く言え‼」

「……ラヴィータだ」

「ラブ太」

私、凛花、彼方さん、ラヴィータがツッコミを入れた。私が慌てて世界中に『世界の皆！　神様《オラ》に力を分けてくれ……じゃなくて祈りで助けてあげてぇぇ‼』と通信するはめになりました。

神様達はガチでヤバかったらしいと、後にポッポちゃんが言いました。

早く言ってよ！　頼むから‼　とりあえず、神様達はなんとか元に戻りました。これにて一件落着……かな？

◇◇◇

とりあえず通信も終わって一段落ついたので、聞きたいことを聞いてみた。クラリンは何故かまだいる。

「そういや、クラリンが居なくてもクリスティアの結界は大丈夫なの？」

「大丈夫じゃないの」

「おうふ……」

「だから、これをエドモンモンに渡してほしいの」

クラリンはノートを渡してきた。エドモンモンことエドウィンは魔法院の元院長だ。優秀な研究者だが管理責任者として問題がありすぎて降格されたんだよね。ノートを確認すると、細かい書き込みがたくさんある。でもこれ……。

「クラリン、これ日本語だよ。元院長、多分読めないよ？」

「そうなの？」

仕方がないので私が翻訳しようとした。しかし……。

「クラリンや」

「なあに？」

「これ、元院長に渡したらダメな奴《やつ》じゃない？」

「うーん……そうかも？」

知りたくなかった。クリスティア城にあんなものが……暇があったら無力化しよう……とりあえず、私がすべきは……。

「アルフィージ様！　アルフィージ様あああ‼　ついでにアルディン様あああ‼」

「はいはい、なんだい？」

「ついでって……」

アルディン様は涙目です。すまぬ、本音がポロリ。

「すいません。本音がポロっと☆」

アルディン様は泣きそうです。フォローになってなかったね。さらなる墓穴を掘る前にと、アルフィージ様に話しかけた。

「すいません。大変な事実が発覚したので教えておこうと思いまして」

「嫌な予感しかしないんだが」

「クリスティア城は飛びます」

「「は？」」

「クリスティア城は機動要塞《ようさい》でした。空を飛びます」

「「え??」」

知りたくなかった。しかし、事実である。クリスティア城は天空の城ラ◯ュタだった。元院長が知ったら絶対起動するよ！　あいつはやらかす‼

しかもとんでもない兵器がたくさん……世界がクリスティア城に滅ぼされかねない‼

「……解決策！」

「暇を見て私が破壊または解体します！」

アルフィージ様の言葉に、私は挙手して答えた。

「むしろクリスティア地下の動力はこないだ起案した飛空艇に流用できるので欲しいです」

「許可しよう。むしろ外しといてくれ。ヤバい気配しかしない」

「かしこまりました！」

クラリンのノートはクラリンにも確認して、必要な分だけ訳して元院長に渡すことにした。勝手に方針決定したが、このノートから察するに、クリスティア城の設計者はクラリンというか蔵之助《くらのすけ》さんなのではないだろうか。

「クラリンが造ったんでしょ？　壊していいの？」

「もう戦う予定もないし、結界だけ残ればいいわ」

「そっか」

クラリンにこだわりはないようです。ふと疑問に思ったので聞いてみた。

「クラリンの子供っているの？」

「昔、クリスティアの王様だったわ」

「「「え？」」」

クリスティアの王様……つまり……。

「……アルディン様とアルフィージ様が年を取ったらクラリンになる？」

「「ならん‼」」

しかし、よーくクラリンの顔を見てみると、面影が…………ないな。

「じじいはなんか魔具で年をとれなくなったから、何代も前の王様の親らしいよ」

元院長がヘラヘラしながら来た。マジか。

「まあ、クリスティア王家は忘れちゃったみたいだけどねぇ。じじいはいつから生きているわけ？」

クラリンが蔵之助さんにバトンタッチしたらしい。『神無』はすっかり蔵之助さんを主と定めたらしく、蔵之助さんに合わせてちゃんと刀になっている。

「死ねぬ……不老になったのは救世の聖女の時代だな。まさか言葉の姪《めい》に会えるとは、長生きはするものだ」

蔵之助さんはこと姉ちゃんのお話をしてくれました。最初は……やはり初対面で能面をしていたのが印象的だったとのこと。

能面を常時装備する女子高生ってどうなの？

そして明かされる、救世の聖女の珍プレー集。何をやらかしてんだよ、こと姉ちゃん‼

やめて‼　私のライフはゼロよ‼

「流石《さすが》はロザリンドの叔母様《おばさま》だね」

「そうだな。流石はロザリンド嬢の身内」

「ロザリンドの身内だから仕方ないな！」

「どーゆー意味ですかあああ⁉」

私の叫びが辺りにこだました。

エピローグ　プロローグと新生活

いまいち締まりのなかったラストバトルから数か月が経過した。今夜は彼方さんの夢で神様達と打ち上げをしていたのだが……ふとあることが気になった。

「そういえば、本来ヒロインになるはずだった『天羽故《あもうゆえ》』は架空の人物なの？」

基本ゲームはデフォルトネーム派なので、私はヒロインの名前を憶《おぼ》えていた。

「ん？　架空じゃなくて実在しているよ。もうじき死ぬと思うけど」

あっさり言いやがったシヴァに全力でアックスボンバーをかました私はきっと悪くない。いのちだいじに‼

「いや、凛花を身代わりにしたから暫《しばら》くは生きるけど、結局死の運命からは逃れられないんだよ。凛花もどちらにせよ近いうちに事故死する運命だったから、変わらないよ」

「なら、私が彼女《ユエ》の幸せを願う。彼女の未来を歪《ゆが》めた償いをしたい。勇者を勤めた対価は『天羽故の幸せ』にして」

「……なんというか、君らってさぁ、似ているよね。言葉《ことは》もさぁ、似たような願いを言ったんだよ」

シヴァの瞳《ひとみ》は優しかった。しかし、こと姉ちゃん珍プレー集を聞かされたばかりの私は嬉《うれ》しくなかった。

「仕方ないじゃない。そもそも自分の幸せは自力で掴《つか》むべきだし、今がありえないぐらい幸せなんだから、そのぐらいしか神様に願うことなんてないのよ」

「……本当に、君らのそういうとこが大好きだよ」

「そりゃ、どーも」

神様達は微笑《ほほえ》んで頷《うなず》いた。


そんなわけでとある乙女ゲーム『素敵な恋しちゃお☆胸キュン☆ときめきマジカルアカデミー☆願いを叶える贈り人☆』と酷似しているこの世界に、ヒロインになるはずだった天羽故は、贈り人として召喚された。何故か、クリスティア騎士団副団長のフィズの所に。

「フィズの所に素敵な贈り人さんが来たと風の噂《うわさ》で聞きました」

「そうか。お引き取り願おう」

しかし、何故かフィズが会わせてすらくれません。贈り人の教育に悪いからって、面会に来た侯爵夫人を門前払いは失礼すぎやしないかね⁉


というわけで実家に帰って兄とたまたま来ていた凛花に愚痴ったわけなのです。

「まあ、ロザリンドの影響で贈り人が暴走したら困るよね？」

「待って、兄様どういうこと⁉」

愚痴りに来たのにディスられるってどういうことなの⁉

「ロザリンドちゃん、良くも悪くも影響強そうッスもんね。故ちゃんは純朴というか体育会系ヒロインだから、染まっちゃうかもと危惧《きぐ》するフィズさんの心配もわからなくはないッス」

くそう、味方がいない。

「ただ、会って話がしたいだけなのに理不尽！」

「どうせなら、もっと楽しいことしたいッス」

ニヤリと笑う凛花の手には、シヴァに頼み込んで再び入手した因縁のあのゲーム。そうか、キャストはそろっている。私達は笑いあった。

◇◇◇

そんなわけで、あの乙女ゲームを再現したいと考えたわけなのです。皆も事後処理が一段落しており面白そうだからとアッサリ賛成してくれた。そしてそれぞれが演技のためにゲームをやってみたわけなのだが……。

攻略対象ではないがディルクの場合。ディルク様とずっとにらめっこしていた。

「ロザリンドはこれのどこがよかったの？　眼帯？　筋肉？　ちょっと根暗すぎないかな」

地味に返事しにくいことを真顔で聞かないでいただきたい。二次元の性癖を夫に語るとか、とんだ罰ゲームである。

「今のディルクが私の最推しなので、このままがいいです。ディルクがディルク様みたいに大怪我《けが》しなくてよかった」

「もしかして、騎士時代にやたらとカーティスと組ませたがっていたのって……」

言わぬが花だとウインクした。なんとなく察してくれたようだ。

カーティスと双子騎士の場合、カーティスがずっと爆笑していた。

主に、王子二人がカーティスのツボだったようだ。特にアルディン様はキャラが違いすぎるのでわからなくもない。

「あはははは」

「ぶひゅ」

「ぐひゅ」

双子騎士は笑っちゃだめだと思うのか抑え気味だが、やっぱり笑っている。

「実はアデイルが攻略対象の中では好きだったのよね」

「それ、絶対ディルクに言うなよ？」

アデイルさん、オネエの皮が剥《は》げています。

「言わないよ、すでにディルク様にも嫉妬《しっと》したぐらいだもん」

アデイルの身が危ないだろうから言わないし、そもそも好きといっても他の攻略対象がだいぶ微妙だったせいもあるし、ゲームの話である。現実のアデイルは友人だ。

空気を読まずにヒューが声をかけてきた。

「ねえねえ、俺は何番目？」

「チャラ男って苦手なのよね」

「塩対応！」

実のところ、ヒューは全く好みじゃなかった。同じ顔なのに不思議である。

「ぎゃはははははははは」

カーティスが呼吸困難になるほど笑っていたので適当なところで強制終了させた。


王子様達の場合。アルディン様が大変なことになった。

「兄上……兄上は俺のせいで辛《つら》い思いを……？」

王子二人のシナリオは、どちらの目線に立つかでだいぶ印象が変わる。ゲームのアルフィージ様は今と違って結構しんどい立場で、誰《だれ》にも心を許せないキャラだった。

「昔はそういうこともあった。全くなかったとは言わないが、あくまでも昔であって今はアルディンのために働けて幸せだから！　そもそも、げーむのアルディンは今のアルディンと全然違うだろう！　私だって愚かな王に仕えたくはない。いつも努力している自慢の弟とコイツは全然違う！」

確かに、ゲームのアルディン様は典型的ないじめっ子系の俺様なので今のアルディン様とは似ても似つかない。

「兄上ええええ……。そうですね！　げーむの兄上より今の兄上の方が優しくてカッコいいです」

アルフィージ様渾身《こんしん》のフォローにより、アルディン様は復活した。未来の主君は今日もまばゆいです。ギンギラギンにシャイニングしています。

「それで、ロザリンド嬢はこれを見てうちのアルディンが傷つくと思わなかったのかね？」

「すいません、正直今のアルディン様とは別存在過ぎて傷つくとは思っていませんでした！」

とはいえ、配慮が足りなかったのは確かなのでアルディン様に謝罪した。

「いや、ロザリンドが居なかったらきっと俺はこのげーむの俺みたいになっていたと思う。心に刻んで戒めるよ。君が俺に教えてくれた。生まれて初めて、全然思い通りになってくれなかった友人のおかげで今の俺があるんだ」

「それはそう……だね。まあ、母の事でも色々世話になっているし、許してあげるよ。それから、ラビーシャの目が微妙に死んでいるのが気になるのだが」

ワルーゼ家の顛末《てんまつ》を語ったところ、よくやったと誉《ほ》められました。自分でもこの件はファインプレーだったたと思うの。


兄とワルーゼ兄妹《きょうだい》の場合。なんだか全員真顔になりました。

兄は裏から手をまわしてロザリアを積極的に害するのです。ヒロインのためとはいえ、酷《ひど》いよね。

「ロザリンド」

「なんでしょう」

「控えめに言っても、げーむの僕は妹に酷すぎないか。母様が亡くなっていたりとか色々聞きたい事が沢山あるが、このロザリアは僕のせいでグレたんじゃないか？」

兄が真顔だった。ワルーゼ兄妹はそっと目をそらす。

「ええと……一因ではあったかと。考えてみると、やっぱり母様の不在が大きかったのではないかなと思います」

母の死をきっかけに、我が家の家族関係は急速に破綻《はたん》していったものと思われる。

「もしかしなくても母様の体質改善を頑張っていたのはこの未来を知っていたからなんだね」

「それはまあ、はい」

そこは正直に認めた。今度はラビーシャちゃんが話しかけてきた。

「私ってヒロインのサポートキャラだったんですねえ。すごく気になっているんですけど、シナリオ途中でやられる悪徳商人って……」

多分ゲータのことだろう。ゲータはどのルートでも死ぬ運命だとか本人の前で言いたくないのでしらばっくれることにした。

「気のせい」

「お嬢様、一生ラビーシャはお嬢様に仕えます。あの時、お嬢様に会えてよかった」

「俺もです。俺達は、お嬢様のおかげで生きている」

「だから、知らないってば！」

しらばっくれさせてくれないのはなんでだ。解《げ》せぬ。

「ところで、エルンストと僕ってキャラ被《かぶ》ってない？」

兄が話題を転換してくれた。流石《さすが》は兄。ゲームと違って空気が読める男である。

「言われてみれば、ハマっているのが植物か魔法かってだけ……？」

プレゼント攻撃か魔法パラメーターの高さかという差もあるが、言われてみれば結構ゲームの方はキャラが被って……いや、ゲームの兄と違ってバッドエンドでもエルンストは拉致《らち》監禁とかしない。そう思ったがこれは言わない方がいいなと判断して黙ることにした。沈黙は金、雄弁は銀。

「何その顔」

「ただの笑顔です」

ポーカーフェイスはうまい方だと自負しているんだけど、うちの身内の察知能力が高すぎて役に立たない。最終的に全員真顔になってにらめっこしているみたいになりました。


エルンストの場合。納得されました。

エルンストは偏屈な引きこもり。ヒロインに感化されてエンディングで多少外に出る感じかな。

「ロザリンドが居なかったら魔法院で満足していただろうから、こうなっただろうなと思う。しかし、げーむか。面白いな。声つきの本、選択肢によるマルチシナリオか」

エルンストはどちらかというとシナリオよりもゲームの機構やシステムに興味があるよう。

「他にも色々ありますよ。今度機会があれば持ってきます」

「ぜひ頼む」

役としてもそこまで今のエルンストと大きくかけ離れていないので問題なさそうだ。

「ところで、アルディンとジェンドは別人過ぎないか？」

「ですよね」

今度は私が納得してしまった。


ジェンドとジャッシュの場合。二人の表情が引きつった。

ジェンドの場合は母であるルーミアさんが亡くなってから苦労して娼館《しょうかん》で育ち、ローゼンベルクに引き取られたが父の隠し子と思われロザリアからいじめられる。悲惨すぎる。

「これ、ロザリンドが僕を探さなかったらこうなっていたってこと？」

「すでにちょこちょこ色々していたし、ジェンドをいじめるつもりはなかったから、同じになるかはわからないかな」

そう説明したものの、放置していれば似たような道をたどった可能性はゼロではない。

「僕って運がよかったんだなあ」

私の表情から答えを読み取ったらしいジェンド。見つけるのが遅くなって申し訳なく思っていたが、今は見つけられて本当に良かったと思う。

「お嬢様、私……ヤバすぎませんかね？」

ゲームのジャッシュことジャスパーは言ってしまえば暗躍しまくる中ボスポジション。罪を重ね、せめて弟だけでも幸せになってほしいと願う。数々の大惨事を引き起こして闇堕《やみお》ちしているので、実はアルディン様に勝るとも劣らない原形なし。外見上は似ているが、中身はすっかり病んでいるし、弟のためなら手段を択《えら》ばないので積極的にロザリアを殺しに来る。

「良くも悪くも、優秀な結果だよねえ」

彼でなければここまで状況を悪化させなかっただろうなと思う。早い段階で捕獲してよかった。

過去を思い出したのかジャッシュが顔を引きつらせていたので、ジェンドと一緒に全力で慰めた。

過去はいいんだ、未来に生きようと励ますのだった。


全員が自分のルートを大まかに確認した。全部再現するのは無理だから、出会いイベントだけにしようと考え、皆賛成してくれた。しかし、予想以上に大変だった。大根役者が……いや、むしろアルディン様は大根だった。役者ですらない。練習しても駄目だった。王様として大丈夫か？　まあ、腹芸がダメでもアルフィージ様が補えばいいか。

ちなみに演技の上手《うま》さランキングは……。


一位→ラビーシャ。流石の女優様。完璧《かんぺき》。

二位→ジェンド。仕事（諜報《ちようほう》系）では必須《ひっす》スキルだからだそうです。

三位→兄様。安定のお兄様。仕事で必要だからだそうです。

四位以下はほぼ僅差《きんさ》。ただし最下位はダントツでアルディン様。


演技は上手いのですが最近黒さを隠さないアルフィージ様に猫をかぶっていただいたら、違和感が凄《すご》くて笑っちゃいけない番組みたいになりました。カーティスが我慢できずに爆笑して怒られていましたね。

演技指導や人員配置などの準備もばっちりで、後はヒロインの入学を迎えるだけとなったのですが、ここで問題が発生しました。

天羽故はゲームを知っていたのか、それともフィズが私を避けようとしたのか、違う学校に入学しようとしたのだ。慌てて全員が別の学校に転入するはめになりました。


スタートから波乱含みだったプロローグの再現は、案の定上手くいかなかった。いや、最初は上手くいったのだ。

「貴女《あなた》、人にぶつかっておいて謝罪もできないんですの？」

入学早々のヒロインとのイベント。この日のために、私はついにドリルじゃなかった、縦ロールを装備した。悪役ドリル令嬢、ロザリア＝ローゼンベルクの参上である！

余談だが、きつめメイクと立派なドリルを見たラビーシャちゃんから真剣な顔で今後このスタイルで行くか確認された。いや、自分でも意外と似合っているとは思うけどドリルはいらない。これ、セットに時間がかかるんだもん。

意識をぶつかってきたヒロインに戻す。

「……すいません」

素直に頭を下げる天羽故。実は本当に向こうからぶつかってきたのであっちが悪かったりする。

どうやってさりげなくぶつかろうかと考えていたら、ぶつかられたのだ。これが運命ってやつ？

ついでにフィズのお相手として大丈夫か観察する。メイクをきつめにしているので、睨《にら》んでいるように見えるはず。

「ロザリ……ア、そのぐらいにしてやりぇ」

「「…………………」」

セリフを言おうとしたアルディン様が噛《か》んだ。

あんなに熱血風演技指導をしたのに俺様キャラが台無しだ。痛いのか恥ずかしいのか、アルディン様は涙目である。しかも、自分の婚約者の名前が怪しいとかどうなのだ。まあロザリンドが長年染みついた結果、私の名前に関しては全員が怪しいのだがな！　私もロザリアって呼ばれても気が付かないんだぞ。ロザリンドの呪《のろ》いかしら。唯一の例外がジャッシュ。そもそも、名前じゃなくてお嬢様呼びだからね。

「……あ、アルディン様が言うなら仕方ありませんわね。次はありませんわよ！」

私はとりあえずアルディン様のフォローをした。戦略的撤退である。向こうもこれ以上絡まれたくなかったらしく、また頭を下げた。

「ありがとうございます。以後、気を付けます」

ヒロインのお辞儀は美しく、姿勢もよかった。

ヒロイン・天羽故が離れてから、こっそりアルディン様に話しかけた。

「アルディン様、大丈夫ですか？　舌に治癒魔法、かけます？」

「……大丈夫……」

「うへへへへへへ、故ちゃんかわええッス！」

「うわ!?」

変質者……ではなく凛花が植え込みから出てきた。我が姪《めい》ながら、残念な表情である。

「警備員の方、呼んでいいですか？」

「後生なので通報だけはご勘弁を！」

私の本気を感じ取った凛花が懇願するので許してやった。


そして他の出会いイベントは概《おおむ》ね問題なく行えた。

特にラビーシャちゃんはすごかった。金にモノを言わせたので当然同じクラスになった私達。特等席でこっそり様子をうかがうと、ラビーシャちゃんが故ちゃんに話しかけていた。

「やあ、こんにちは。貴族の学校って居心地《いごこち》悪くない？」

明るく気さくなサブキャラを見事に演じる大女優ラビーシャ様。あの笑顔には私もうっかり騙《だま》されてしまいそう。

「ラビ……ああ、そうだね。ところで、君は他の学校から転校してきたの？」

「え？　そうだけど……そんな話したっけ？」

「いや『貴族の学校って』と言っただろう？　他の学校にいたのかなと思っただけだ」

なんとなくだが故ちゃんの様子がおかしい。行く予定だった学校を急遽《きゅうきょ》変えたことといい、ゲーム知識がある系ヒロインなのだろうか。ラビーシャちゃんが名乗る前に名前を呼びかけたような気がする。まあ、学校を変えたのはフィズが私と関わらせないように画策したせいかもしれないから故ちゃんが関わっていない可能性もあるけどね。

「なるほど。そうだよ。私がいたところは貴族と平民が学べる学校でね。あなた、まだこの学校に慣れていないでしょう？　見た感じからして貴族じゃないみたいだし、注意すべきこととか説明がてら、学校を案内してあげるよ」

故ちゃんの質問に動じず、シナリオの方向へとナチュラルに誘導するラビーシャちゃん。流石《さすが》はスパイもこなせる敏腕メイド。ああやってあくまでも相手が選択したように感じさせたり、欲しい情報へと会話を誘導するのだろう。勉強になります。

善意しか感じさせないラビーシャちゃんの笑みに、故ちゃんは敗北した。ラビーシャちゃんには勝てない。だって人畜無害なか弱い美少女が善意から案内を申し出たのだ。断ろうものなら悪役認定されて肩身の狭いスクールライフ待ったなし。ラビーシャちゃんはそこを絶対わかってやっている。恐ろしい子である。

「よ、よろしく頼む」

「まっかせて」

そんなわけでゲームのオープニングと同様にまんまと学園内を案内することになったラビーシャ

ちゃん。ここに来て彼女もそんなに経《た》ってないはずなのに詳しいのはなんでだ。流石はできすぎるメイド。よく考えたらウルファネアやセインティアにアッサリ侵入していたよね。私と違って方向感覚に優れているのだろうか。いや、私も普段はそんなに迷子《まいご》になったりしない。油断していたり考え事をしながら歩かなければ大丈夫なのだ。

「次は植物園に行こうか」

「ああ」

故ちゃんは真面目《まじめ》にメモを取りつつ歩いている。そんな彼女と距離を取りつつ気配遮断と隠蔽《いんぺい》の魔法を使ってついて行く私と凛花。だいぶ楽しい。聖地巡礼みたいだ。多少構造は違えど、学校なんて似たようなもの。ゲームと同じく楽し気なヒロインとラビーシャちゃんを見ているだけで気分が上がるというものである。やりたいって言ってよかった。

植物園といえば、兄。貴族しかいない学校だけのことはあり、ここの植物園は設備的に大変素晴らしいそうだ。温室があるのはもちろん、庭園もしっかりと複数の庭師が常駐して整えられ、どんな季節でも花が楽しめるよう計算されているのだとか。いや、うちの庭の方が素敵じゃないかなと正直な感想を述べたところ、兄と庭師のトムじいさんがとても喜んだ。いや、お世辞じゃなくて実家の庭は本当にどこよりも綺麗《きれい》なんだよ。だって、私が好きな花を優先的に植えてくれるし兄やトムじいさんのセンスもいいし。

話がそれたがそんな整えられた植物園で一人植物を眺める植物オタクこと我が兄・ルーベルト＝

ローゼンベルクは、何故か大量のサボテンに囲まれていた。

「え？　この肥料が欲しいって？　仕方ないなあ」

可愛《かわい》いサボテン達に囲まれてにこやかな兄。気持ちはわかるのだが、私と凛花のお願いを聞いて乙女ゲームごっこしてくれるんじゃなかったの⁉　いや、それよりも気が付いた一般生徒が騎士団に通報したらどうするのだ。ここは実家じゃないんだから、他の人が見たら腰を抜かしかねないし、攻撃してくる輩《やから》もいるかもしれない。

ラビーシャちゃんも予想外の光景に固まっている。ここは、私が……私達がやるしかあるまいて！

「サボテンさん達！　勝手によそへ入っては駄目でしょう。ほら、帰りますよ。兄様も、また進化したら困るんだからいくらサボテンさん達が可愛くても肥料をあげすぎちゃいけませんよ」

幸いにもサボテンさん達は素直に帰って行ってくれた。よかった、他の生徒に見つかって通報されたり攻撃されなくてよかった。

「ロザリンドに注意されるなんて……」

ちょっと待ちなさい、兄。どういうことだ⁉

「今回は兄様が悪いのに私をディスるのやめてくれません⁉　それから、今の縦ロールを装備した私はロザリンドではありません！　わたくしの名前はロザリアですわよ！」

「いや、ごめん。ロザリンドのイメージが強すぎて縦ロールぐらいじゃロッザリンドが払拭《ふっしょく》できないというか……」

「それはヴァルキリーであって私じゃないですよね⁉　というかなんですか、ロッザリンドって」

「いやもう、全部ひっくるめてロッザリンドじゃない？」

「絶対ノー‼」

理解も納得もできないよ⁉　どういうことなのさ。

「そろそろラビーシャちゃんが場を繋《つな》ぐの限界だから仲良し兄妹コントはやめてほしいそうッス。あと、地味に向こうにも聞こえているらしいのでロッザリンド禁止でお願いしたいそうです」

「「ごめんなさい」」

ロッザリンド禁止には色々物申したかったけれども我慢した。乙女ゲームごっこがしたいとワガママ言ったのは、自分と凛花だし。


兄の出会いイベントは案内された植物園でラビーシャちゃんが案内途中に呼び出され一人で歩いているうちに……というもの。ラビーシャちゃんを呼び出すモブとして凛花が出動した。

一人になった故ちゃんは、植物園をゆっくり進む。そして兄を見つけたら回れ右をした。いやいややいや、話しかけようよ！

「そこにいるのは誰《だれ》？」

ナイス兄‼　故ちゃんの気配を察知し、逃がさなかった。

「ええと……その、怪しい者ではないです」

「まあ、制服を着ているから生徒だろうなとは思うけれど、新入生とか？」

「そんなところです」

おお、ゲーム通りの会話。凛花とニヤニヤしながら見ていたら、事件は起こった。

「植物は好き？」

「いえ、あまり。野菜はおいしいから好きです」

ヒロインが、攻略対象との会話をぶった切った。そして兄が固まった隙に、颯爽《さっそう》と植物園を出てラビーシャちゃんと合流した。うちの兄は故ちゃんの推しじゃなかったということなのだろうか。

それにしても華麗なる回避だった。


その後も故ちゃんの快進撃は続いた。特に面白かったのはヒュー。

「可愛《かわい》らしいお嬢さん達、お名前は？」

笑顔で愛想よく近寄ってきたヒュー。あきれた様子で後ろを歩くアデイル。


「貴様に名乗る名はない」


清々《すがすが》しい一刀両断である。どうも故ちゃんはチャラい系がお好きではない様子。私と仲良くなれそうだ。故ちゃんは先ほどの兄よりも明らかに口調や態度が刺々《とげとげ》しく、ラビーシャちゃんを守ろうと庇《かば》っているようにも見える。

「ぐひゅ……嫌われてやんの」

オネエの皮が怪しいアデイルが痙攣《けいれん》している。わかるよ、私達も面白すぎて痙攣しているから。

ここまでズバッと断られるヒューは珍しい。攻略対象なだけあってかなり美形だしナンパの成功率も私が知る限りだが相当高い。さらにヒューにしては珍しく顔がちょっとひきつっている。大声で笑えないのがしんどい。

「いや、名前ぐらいは教えてくれてもよくない？　これでも俺、王太子殿下直属の近衛《このえ》騎士だよ？将来、超有望なんだよ？」

「近衛騎士？」

故ちゃんは明らかに戸惑った様子に見えた。そういえばゲームではヒューとアデイルは普通の騎士で近衛所属はディルク様だけだったはず。やはり、故ちゃんはゲームを知っている系ヒロインであるという疑いが浮上してきた。故ちゃんが私と同じくディルク様推しだったらどうしよう。今からでも遅くないのでディルクは隠れてもらうべきだろうか。いや、ディルク様の素晴らしさを語り合いたい気もするので悩ましい。

「お、興味あり？　この若さで平民から近衛騎士って大出世なんだよ。どう、もっと詳しく話すからお茶でもしない？」

「触るな、汚《けが》らわしい」

故ちゃんは毅然《きぜん》とした態度でヒューの手を振り払った。かっこいい。

「ユエ……」

そして故ちゃんの背後で怯《おび》えた様子のラビーシャちゃん。可憐《かれん》すぎてもはやヒロインは向こうのような気がしてきた。清純可憐系ヒロインっていいよね。あんまり自分とかけ離れていると感情移入できないってのはあるけど。いやいや、騙されてはいけない。ラビーシャちゃんはああ見えて、中身は鰐《わに》。忍者みたいなたっくましいメイド様である。そんなラビーシャちゃんの本性を知っているアデイルのつぶやきが聞こえた。

「うわ、普段とイメージが違い過ぎて怖い」

やめてくれ、アデイル！　危うくおつゆを噴き出すところだったじゃないか！　凛花も地面で悶《もだ》え転がっているよ？　笑っちゃいけない時に、不意打ちで爆弾投下はよくないよ！　ヒューもめっちゃ震えているじゃないか。

「痛っ⁉」

ラビーシャちゃんが見えないようにアデイルの足を踏んだ。流石である。ちゃんとヒールで一点集中攻撃。あれは相当に痛いはず。

「口は禍《わざわい》の元って言いますよね」

あくまでも、世間話のように言うが、ラビーシャちゃんは目が笑っていない。アデイルは後でラビーシャちゃんに謝っておいた方がいいと思う。アルフィージ様に知られたら、大惨事の予感しかしないし。

「私の国にもあるが、こちらにもあることわざなのだな」

故ちゃんは痛みで悶えるアデイルに気が付いていないようだ。ラビーシャちゃんと普通に談笑している。ヒューは一瞬真顔になったラビーシャちゃんに怯えているっぽい。

「他にも似たようなものがあるかもしれませんね」

結局ヒューは故ちゃんと会話どころか名前も聞き出せないという結果に終わった。

アデイルは踏まれた足の骨にひびが入っており、それどころではなかったそう。ちゃんと後で治してあげましたよ。あの余計な一言のせいなので自業自得だけれども。

それにしても、本来なら可愛い名前だねと会話が弾むところなのだが、弾む前にぶった切っていた。故ちゃんの推しが誰なのか、気になってきた。やはりディルク？

「計画を一部変更したいんだけど……」

気になった私は予定を少し変更することにした。


ディルク様の格好をしたマイダーリンに、故ちゃんから見える程度の遠い位置へ移動してもらうことにした。もし故ちゃんがディルク推しだった場合、追いかけようとするはず。追いかけた場合はディルクに帰宅していただこう。色々考えたのだが、私は決心した。残念ながらディルクはシェアしない。私が全力で独り占めするのだ。

そんなわけでディルクがちらり作戦を決行したところ、故ちゃんは向こうに行こうと避けるムーブをした。

「ディルクが推しじゃない……だと？」

「いや、ぶっちゃけロザリンドちゃんというか凛姉ちゃんの好みは一般受けしないことが多いじゃないッスか。凛姉ちゃんの好きなキャラって、男性票だけなら一位だけど女性票入ると三位に転落とか、推しのスチルがめっちゃ少ないとか、ゲームの推しキャラがそもそも攻略対象じゃなかったりとか……。あ、最後はディルクさんッスね」

「否定できないのが悔しい。世間の好みがおかしいの！　うちのディルクは世界一！」

凛花が呆《あき》れた様子だが、そこだけは譲れない。

「まあ、ゲームとかアニメのキャラクターとしては人気があった方がグッズとかご法度な本が沢山出るからありがてえッスけど、伴侶《はんりょ》としては自分以外にモテなくていいッス。ラヴィータ君の良さは自分だけがわかればいいと思うッス」

「お前……天才か？」

あまりにも納得の結論だった。ディルクは私が独占するという結論に至り、今夜はディルク様コスをしたディルクを全力で愛《め》でることにした。


そんなわけでお次は王子二人の番なのだが、アルディン様が大根過ぎて不安しかない。

「おや、見ない顔だね」

「はじめまして……故＝天羽と申します」

そう言いながらも目を合わせようとしない故ちゃん。アルフィージ様も推しではないご様子で、わかりやすく関わりたくないオーラを出している。

「そっちの君は？」

アルフィージ様が最愛のラビーシャちゃんに微笑《ほほえ》んだ。

「ぴゅい!?　ラビーシャ＝ワルーゼと申します……」

「そう。とても愛らしいね」

アルフィージ様は完全にラビーシャちゃんをロックオンしている。故ちゃんは明らかに高位貴族なアルフィージ様に対してどうしていいかわからないご様子。乙女ゲームごっこはどうしたんですか、アルフィージ様！

「兄上、女子生徒に失礼でしょう。そのぐらいにしてあげてくださ……そのぐらいにしておけ？」

最初は素だったが、後半は演技をしないとと思いだしたのだろう。大根が炸裂《さくれつ》した。

「すまないね、君があまりにも魅力的だったものだから」

アルフィージ様がさらっとアルディン様の失敗をスルーした。故ちゃんは明らかにうへえって顔をしている。私達も似たようなものだろう。アルフィージ様よ、やる気がないにもほどがある。このままでは適当な理由を付けてラビーシャちゃんを攫《さら》いかねない。どうしたものかと思案していたら、演技力はともかくやる気だけはある真面目《まじめ》なアルディン様が動いた。

「お前、ここに来たばかりなんだろう？　この俺……様が友人になってやりゅ」


アルディン様が噛《か》んだ（二回目）。

普段は活舌も悪くないし、舌を噛むこともめったにないのだが、なんなのだろうか。そういえばアルディン様は緊張すると噛んでいた気がする。演技しなくてはと緊張した結果がこれなのだろうか。メインヒーローが大根なのはもう仕方ない。これでもだいぶましになったのだから。

「アルディン⁉」

「ふぁいじょうぶれしゅ……」

「いや、全然大丈夫じゃないだろう！　口から血が出ているじゃないか！　すぐ医務室に行くぞ！　レディ達、悪いがこれで失礼する」

言うが早いか、アルフィージ様はアルディン様をお姫様抱っこして走り去った。

「兄上、自分ではしれましゅ……」

走っている最中に喋《しゃべ》ったため また噛んだようだ。アルディン様の尊い犠牲は、後五分ぐらい忘れない。ちなみにアルフィージ様のやる気がマイナスだったのは、ラビーシャちゃんが真面目に乙女ゲームごっこの準備に取り掛かったせいで二人の時間も削られたからだそうです。最初こそ世界を救った私へのサービスとしてそこそこやる気を見せていたのですが、ラビーシャちゃんが下準備でバタバタしていてここしばらく全然かまってくれなかったのだとか。いやその……ごめん。変な頼み事して悪かったよ。

「腐腐腐腐腐腐腐腐」

そして王子様達によるお姫様抱っこという腐った養分に凛花の腐センサーが反応していたので、アックスボンバーで物理的に強制停止しておいた。油断も隙も無いヤツである。私は今日、世界を腐界から救ったと思う。まあ、凛花の腐教によりだいぶ広がってしまっているので手遅れ感はあるけどね。

「ここが訓練所だよ。訓練用の刃を潰《つぶ》した武器は申請すればレンタルできるんだって」

ラビーシャちゃんがシナリオ通りに説明する。なかなか立派な訓練所なのだが、騎士団等に比べるとやや洗練されていてスポーツジムみたいな雰囲気がある。訓練している人達も、どこか遊び半分といった感じだ。

「ふむ、薙刀《なぎなた》まであるのか」

レンタルできる武器はかなり多彩で、故ちゃんは楽しそうにしている。そのうち日本刀に近い物を見つけて素振りをし始めた。剣道を習っていたのか、素人目からも洗練された動きだった。

「へえ、やるじゃん。なあ、対戦しようぜ」

カーティスが声をかけてきた。これはシナリオ通りなのだが、カーティスの辞書に手加減という言葉があるか疑問である。

「いいだろう」

あっさり故ちゃんが了承したため、模擬戦をすることになってしまった。ラビーシャちゃんが審判役となったので、最悪止めてくれるだろう。私の方もすぐに故ちゃんをフォローできるよう身構えた。

意外にも、カーティスはちゃんと手加減をしていた。さらには、アドバイスまで。

「踏み込みが甘いぞ」

「まだまだ！　もう一回！」

「気合を入れるのはいいけど、その単調な動きじゃ結果は変わらないぞ。もっと頭使わないと」

普通に指導しているし、言っていることがかなり的を射ている。カーティスの意外な成長に驚いた。後で聞いたのだが最近では後輩の指導を任されており、かなり有能な指導役なんだとか。ただし超スパルタなのだそう。多分本人がこれまで受けてきた訓練を基準にしているだろうから、そこは仕方ないかもしれないね。

「やあ！　やった……」

考え事をしていたら、故ちゃんがカーティスから一本取ったようだ。

「今の感じを忘れるなよ。気が向いたらまた、相手してやるよ。俺はカーティス＝ブラン。お前は？」

「私は……故です」

故ちゃんは床に寝転がって息も絶え絶えという感じだ。もしかしたらカーティスは故ちゃんの限界を感じてわざと一本取らせたのかも。だとしたら、本当に変わったんだなと思う。

そういえば、攻略対象の中ではカーティスにだけ故ちゃんからコミュニケーションを取っていたし、そこそこ仲良くなったように思う。ただ、推しへの態度というよりはこう……一昔前の熱血青春友情漫画的な空気だったので、ただ対戦がしたかっただけなのではという気もする。

ちなみにシナリオでは負け確定イベントなのでどうやっても勝てない。まあ、普通の女子高生が本職の騎士に勝てるわけがないよね。

「どうだった？　肉じゃがくれる？」

故ちゃんを見送ったカーティスが戻ってきた。本当にぶれないやつである。

「よくやった。今度食べ放題にしてあげる」

「マジで⁉　やったあ」

「ロザリンドちゃん、自分は⁉」

凛花も本当に飽きないいな。

「まあ、カーティスのおまけで凛花もいいよ。カーティスに感謝しなさい」

「カーたん、ありがとうッス！　心から感謝するッス！」

「おうよ、一緒に食おうぜ。日にちはロザリンドの都合に合わせるわ」

そしてこの二人は本当に仲がいいな。よし、とっておきのお肉で美味《おい》しい肉じゃがをたくさん作るとしよう。

「じゃあ、スケジュール調整して連絡するね」

そしてまた故ちゃんを探したのだが、彼女は体力を使い果たして疲れたので案内はまたの機会にとなり、待機していたエルンストは次回にとなってしまった。待機してくれていたのにごめんよ。

◇◇◇

それから数日。次のイベントは何にしようか空き教室で凛花と話していたら、勢いよく教室の扉が開いた。

「たのもう！」

「え⁉」

なんと天羽故は私達の所に単身突撃してきたのだ。なんという行動力！

「話は聞かせてもらったぞ！　最初からなんだかアルなんとかって王子が残念だとは思っていたが、わざわざゲームの再現をしていたとは思わなかった」

「いや、一応メイン攻略対象なので名前ぐらいは覚えてあげようよ」

ついツッコんでしまった。故ちゃんは一瞬、明後日《あさって》の方向を見ていたが気を取り直したらしく私に向き直り宣言した。

「ロザリア＝ローゼンベルク！　私はフィズ……フィズリア＝ロスワイデしか好きじゃない！　そもそも逆ハーレムはゲーム以外、ありえない‼　しかも、私はこのゲームの攻略対象全員が好みじゃない‼」

なんと、そうだったのか！　私も攻略対象は全員好みじゃないです！　ものすごーく気持ちはわかります‼　そしてフィズ推しだったのね。

「わかりました！　その一途《いちず》さ、気に入った‼　貴女の恋を応援します‼」

こうして、私と天羽故はわかりあった。背後で凛花が何か言っていたが無視である。

今では友人になっています。天羽故はサバサバした剣道少女でした。大変フィズと相性が良さそうなので、落ちるのは時間の問題でしょう。

◇◇◇

まあ、結論として……私はやっぱり悪役令嬢になんかなりません。

それ以前に侯爵夫人だから令嬢じゃないし、悪役令嬢にはどうやってもなれないようです。そもそも他人の足をひっぱるとか、妬《ねた》むとか、自分の価値を落とすと思う。意味ないよね！

自分をもっと磨きあげて振り向かせるか、浮気する男なんざスッパリふってやるかですよ！

今日もロザリンド＝バートンは素敵な旦那《だんな》様と、友人達と幸せに暮らしています。

死亡フラグはようやく全回避！　ここからが私の人生です‼

あとがき

　まずはここまでお付き合いくださった読者様、いつもありがとうございます。そしてついに十一巻。なんと、これが最終巻なのですよ！　最後までたどり着けたのは、間違いなく読者様達のおかげです。

　最終戦がバトル漫画風になるかと思いきや最後までぐだぐだなロザリンドクオリティはお楽しみいただけましたでしょうか。作者もこれでいいのかと悩みましたが、ロザリンドらしいからいいかなと思っています。

　最後に一番予想外のムーブをして色々持って行ったクラリン。小説を書いていると想定外の動きをするキャラがたまにいるのですが、クラリンがまさしくそのタイプでしたね。嘘《うそ》みたいですが、クラリンは気が付いたら神様になっていました。彼方《かなた》さんのツッコミは私の心の叫びでもあったかもしれません。

　そしてラストでも述べた通り、ロザリンドは全く悪役令嬢に不向きでしたね。いじめかっこ悪いとか素で言うタイプなので。これからも前向きに暴走していくことでしょう。

『悪なり』は私の好きなものと茶目っ気で大半ができております。そんな話を最後の最後まで読んでくださった読者様に、心から感謝を。少しでも楽しんでいただけたのなら本当に嬉《うれ》しいです。

いつかまた、どこかでお会いできたらいいなと思います。ここまで読んでくださいまして、本当にありがとうございます。

カドカワBOOKS

悪役令嬢《あくやくれいじょう》になんかなりません。私《わたし》は『普通《ふつう》』の公爵令嬢《こうしやくれいじょう》です！11

2023年1月10日　初版発行

著者／明《めい》。
発行者／山下直久
発行／株式会社KADOKAWA
〒102-8177
東京都千代田区富士見2-13-3
電話／0570-002-301（ナビダイヤル）
編集／カドカワBOOKS編集部
印刷所／暁印刷
製本所／本間製本

Printed in Japan
ISBN 978-4-04-074814-6 C0093